Anna Ludwig

Küsse im Gepäck

Deutscher Taschenbuch Verlag

Von Anna Ludwig ist außerdem bei dtv girl lieferbar:
Nur eineinhalb Küsse, dtv girl 7605

Originalausgabe
In neuer Rechtschreibung
Juni 2008

www.dtvgirl.de
Umschlagkonzept und -gestaltung: Yayo Kawamura
unter Verwendung eines Fotos von Jan Roeder
Lektorat: Dagmar Kalinke
Gesetzt aus der Esperanto 10,5/14
Satz: Greiner & Reichel, Köln
Druck und Bindung: Ebner & Spiegel, Ulm
Gedruckt auf säurefreiem, chlorfrei gebleichtem Papier
Printed in Germany · ISBN 978-3-423-07607-4

Anna Ludwig

Küsse im Gepäck

dtv girl

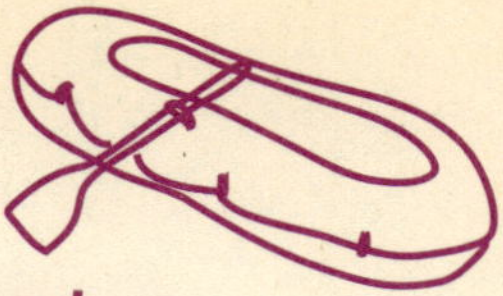

Die gelbe Luftmatratze

Gestern hat Mama einen großen Karton mit ihren kurzärmeligen Blusen, Caprihosen und Sommerschuhen auf den Speicher getragen. Meine Minikleider, Tops und Shorts wollte sie auch gleich mitnehmen. Ich habe mich mit ausgebreiteten Armen vor den Kleiderschrank gestellt und »Nur über meine Leiche!« gebrüllt. Für mich ist der Sommer noch nicht zu Ende. Auch wenn jetzt schon bis zum späten Vormittag dichter Nebel über der Wiese hinter unserem Haus hängt. Auch wenn abends schon um sechs die Straßenlaternen leuchten.

Meine Beine sind noch braun gebrannt und die gelbe Luftmatratze steht nach wie vor aufgepumpt an der Wand neben meinem Bett.

Dabei war der Tag, an dem ich die gelbe Luftmatratze gekauft habe, alles andere als ein toller Tag. Eher so einer, neben dem im Kalender ein fetter Totenkopf als Warnung prangen müsste.

Obwohl es Anfang Juni ist, hängen dicke graue Wolken so tief über den Häusern, als wollten sie jeden Moment durch die vielen Schornsteine kriechen und die Scheibenwischer an den Autos kämpfen hektisch gegen den Regen, der schon seit Stunden fällt.

Meine beste Freundin Marlene steht vor dem Karstadt im Stadtzentrum und wartet auf mich, als ich von Kopf bis Fuß tropfnass mit meinem Fahrrad angeschlingert komme.

»Hi Emma!«, begrüßt sie mich. »Schon mal was von Regenschirmen gehört?«

Marlene weiß genau, dass ich mit Regenschirmen und Kleinutensilien aller Art auf Kriegsfuß stehe. Sie wollen einfach nie länger als ein paar Stunden bei mir bleiben.

»Ich bin ja nicht so 'n Zuckerpüppchen wie du«, gebe ich zurück und strecke ihr die Zunge raus.

Ungerührt hakt sich Marlene bei mir unter und gemeinsam spazieren wir ins Kaufhaus.

Wir wollen ein paar Sachen für die Sommerferien besorgen. Marlene fährt mit ihrer Familie wie jedes Jahr nach Teneriffa und meine Eltern haben ein Haus in Schweden gebucht. Ein kleines dunkelrotes Ferienhaus mit weißen Fensterläden. Direkt am Meer.

Ich war noch nie am Meer und freue mich so sehr darauf, dass ich grinsen könnte wie ein Clownfisch, wenn ich daran denke.

Meine Mama mag eigentlich kein Salzwasser. Sie behauptet, man bekäme Hautausschlag und rote Augen davon. Aber wenn meine Schulfreundinnen von den Malediven oder der Riviera zurückkommen, haben sie höchstens rote Augen, weil die Ferien zu Ende sind.

Ich war genau siebenmal am Kalterer See in Südtirol, zweimal am Luganer See in der Schweiz und dreimal am Neusiedlersee in Österreich. Das ist genug Süßwasser fürs ganze Leben, finde ich. Und mein Papa sieht das zum Glück auch so. Dieses Jahr ist das Meer dran. Und weil gleich ein großer See in der Nähe unseres Ferienhäuschens ist, hat sich meine Mama sogar darauf eingelassen.

Marlenes und meine nassen Turnschuhe quietschen wie hungrige Mäuse auf dem PVC-Boden. Aus meinem Pferdeschwanz tropft Wasser.

»Mann, das ist vielleicht ein Sommer!«, schimpft Marlene und schüttelt ihren Schirm aus.

»Höchste Zeit, dass wir ans Meer kommen!«, falle ich in ihr Gejammer ein und steuere auf den nächsten Spiegel zu. Die Mascara, die ich in letzter Zeit manchmal trage, hat sich wie vermutet von meinen Wimpern verabschiedet. Ich zücke ein Taschentuch und versuche vergeblich, die schwarze Farbe unter meinen Augen wegzurubbeln.

»Für den Urlaub brauche ich dringend wasserfeste Wimperntusche!«, erkläre ich. »Und eine Luftmatratze! Am besten eine knallrote, passend zu meinem neuen Bikini!«

Den Bikini hab ich mir erst letzte Woche gekauft. Weiß mit kleinen knallroten Kirschen drauf. Sieht echt super aus.

»Und ich brauch ein neues Badetuch. Gibt's alles bei den Sportartikeln im dritten Stock!«, meint Marlene und zieht mich hinter sich her auf die Rolltreppe.

Vor einem Stapel mit Handtüchern bleibt Marlene stehen. Ich schlendere langsam weiter zu den Luftmatratzen, als ich es plötzlich hinter mir poltern höre. Ich kenne das Geräusch. Es poltert und kracht oft, wenn ich irgendwo langgehe. Mal ist es eine Kiste mit Äpfeln, die ich beim Gemüsehändler umschmeiße. Mal ein Stapel mit Konservenbüchsen, an dem ich im Supermarkt hängen bleibe. Und diesmal bin ich gegen eine Schale voller kleiner weißer Golfbälle gestoßen.

In der Ferne sehe ich schon einen Verkäufer in meine Richtung linsen. Und seine Bullterrier-Visage sieht ziemlich Furcht einflößend aus.

Nichts wie weg hier, denke ich, und will die Flucht ergreifen, als ich neben mir ein paar Umkleidekabinen entdecke.

»Wenn das nicht das perfekte Versteck ist!«, freue ich mich, schlüpfe am Vorhang vorbei in eine Kabine – und stoße direkt gegen splitternackte Haut.

Mist, die Kabine war schon besetzt! Direkt vor mir steht ein junger Typ in weißen Rippenunterhosen. Ein ziemlich braun gebrannter Typ, wie ich feststellen muss. Er hebt gerade sein Bein, um in ein Paar grüne Badeshorts zu steigen. Überrascht funkelt er mich aus unerhört blauen Augen an, dann fängt er an zu lachen und sagt: »Hallo!« – als ob es das Normalste von der Welt wäre, Besuch in Umkleidekabinen zu empfangen!

Es fehlt nicht viel und wir hätten uns die Hände geschüttelt, ein Päckchen Kekse aufgemacht und über das Wetter geplaudert.

Doch bevor es so weit kommt, nehme ich die Beine in die Hand und flüchte zum zweiten Mal. Mit hochrotem Kopf, versteht sich. Die Sache ist mir mehr als peinlich.

Als ich gerade aus der Kabine bin, höre ich den Jungen plötzlich »Halt! Halt!« rufen.

Was ist denn jetzt passiert? Ich bleibe stehen, drehe mich

um und – »Wrumms!« – fällt mir der halbnackte Typ aus der Kabine entgegen und landet direkt vor meinen Füßen.

»O nein!«, stöhne ich und presse meine Hände auf den Mund.

Das auch noch! Der Junge ist mit seinem Bein in den Riemen meines Rucksacks gestiegen, den ich einfach so hinter mir hergezogen habe.

»E-e-entschuldigung«, stammle ich und helfe ihm, sich wieder aufzurappeln. »Schon gut!«, meint er ächzend. Dann reibt er sich sein Knie, streicht sich durch seine blonden, verwuschelten Haare, ringt sich mühsam ein Lächeln ab und macht sich auf den Weg zurück in die Kabine.

»Du gehst aber ran!«, meint Marlene, die das ganze Spektakel von den Handtüchern aus beobachtet hat, und fügt grinsend hinzu: »Das war aber auch ein Schnuckelchen!«

»Also hör mal! Das war kein Schnuckelchen, das war ein Unfall!«, protestiere ich empört. Marlene sollte schließlich wissen, dass ich keinem Jungen auf diesem Planeten *freiwillig* zu nahe kommen würde. Auch wenn dieses Exemplar – zugegebenermaßen – besonders nett anzusehen war.

Jungs sind und bleiben für mich Wesen, die beim Wort Deoroller an Mopeds denken, nach Käsefüßen riechen, Mädchen an den Zöpfen ziehen und statt Köpfen Fußbälle auf dem Hals sitzen haben. Und obwohl ich glücklicherweise auf eine Mädchenschule gehe und – Gott sei Dank – auch keinen Bruder habe, kann ich aus dem Stegreif fünf Typen aufzählen, auf die das genau zutrifft.

Ich komme nicht dazu, Marlene meine Ansichten über den männlichen Teil der Bevölkerung in allen Einzelheiten darzulegen, denn jetzt sehe ich den Verkäufer auf mich zuwackeln.

»Waren Sie das?«, faucht er und zeigt auf die umgestürzte Schale und die kreuz und quer herumpurzelnden Golfbälle.

Ich nicke schuldbewusst und klimpere ihn aus kugelrunden Hundeaugen an. Ganz ehrlich, mir ist der Blick selber peinlich. Aber im Notfall zieht er eigentlich immer. Bei Mathelehrern, Fahrkartenkontrolleuren und ab und zu sogar bei meinen eigenen Eltern.

Auch den Verkäufer stimmt mein Dackelblick sofort milde.

»Na ja, halb so wild, das haben wir sicher gleich«, meint er und hebt dann einen Großteil der Bälle selber auf.

Wir setzen gerade unsere Einkäufe fort, als ich den Jungen mit dem Strubbelkopf wieder sehe. Diesmal allerdings in voller Montur. Er trägt ein grün-gelbes Cap, eine cooles T-Shirt, eine ziemlich enge Jeans – und sieht wirklich unverschämt gut aus.

Als er an uns vorbeikommt und weiter Richtung Rolltreppe schlendert, gehe ich schnell hinter Marlene in Deckung.

»Der denkt jetzt bestimmt, du bist so ein männerfressendes Ungeheuer«, kichert Marlene. »Ausgerechnet du!«, gackert sie weiter. Ich werfe ihr einen vernichtenden Blick zu. Nur weil ich nicht wie sie ständig in irgendwelche doofen

Jungs verliebt bin, muss sie sich noch lange nicht über mich lustig machen!

Ich glaube auch nicht, dass mich der Typ für mannstoll hält. Dann schon eher für einen megapeinlichen, obertollpatschigen Volltrottel mit ausschließlich linken Körperteilen.

Aber eigentlich kann mir das ja auch egal sein. Erstens werde ich ihn sowieso nie wiedersehen. Und zweitens gehört er bestimmt zu den Jungs, die zwar keine Käsefüße haben, dafür aber total eingebildet sind.

So einer von denen, die den ganzen Tag durch die Gegend laufen und den Mädchen zuzwinkern, als hätten sie den kompletten Inhalt eines Staubsaugerbeutels im Auge.

Pah, interessiert mich doch nicht die Bohne, was der von mir hält!

Ich versuche, nicht mehr daran zu denken, aber als ich am späten Nachmittag nach Hause komme, stelle ich fest, dass ich beim Einkaufen wohl doch nicht ganz bei der Sache war. Anstelle einer knallroten habe ich eine langweilig gelbe Luftmatratze eingepackt.

Ich will gerade anfangen, sie probehalber aufzublasen, als mein Vater ins Zimmer kommt.

Anscheinend ist das heute auch nicht sein Tag. Sein Gesicht sieht alles andere als fröhlich aus.

»Hallo Emma«, begrüßt er mich und kaut auf seiner Unterlippe herum. Um ihn aufzuheitern, halte ich ihm die Luftmatratze unter die Nase: »Guck mal, die ist für den Urlaub! Eigentlich wollte ich ja eine rote …«

Papa unterbricht mich. Seine Unterlippe sieht schon ganz zerfranst aus: »Ach Emma, die wirst du nicht brauchen.«

Erstaunt lasse ich den Arm mit der Matratze sinken.

»Mama muss in den Ferien arbeiten«, fährt Papa fort. »Wir haben das Haus heute storniert.«

Und so erfahre ich am Ende dieses Tages auch noch, dass ich dieses Jahr das Meer schon wieder nicht sehen werde.

Rote Augen kann man auch ganz ohne Salzwasser bekommen.

So viel steht fest.

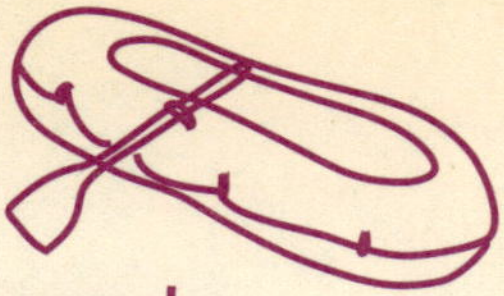

Ein Rettungsengel namens Hauptmann

Die nächsten beiden Tage verbringe ich in einer Art Schockstarre. Ich stehe morgens auf, gehe in die Schule, treffe mich nachmittags mit Marlene, esse dreimal am Tag und gehe abends wieder ins Bett. Aber das alles total unbeteiligt. Ich weiß natürlich, dass es Schlimmeres gibt als einen verpatzten Urlaub. Aber die Aussicht auf sechs Wochen Sommerferien zu Hause, während sich alle meine Freundinnen am Strand räkeln, raubt mir erst mal jede Lebenslust.

Einen Vorteil hat meine Teilnahmslosigkeit allerdings: Zwei Tage lang bin ich in keinerlei katastrophale Situationen verwickelt. Ich trete in keine Fettnäpfchen, stolpere in keinen offenen Gullideckel und werde von keiner Taube angekackt. Manchmal habe ich den Verdacht, all diese Dinge passieren mir sonst nur, weil ich *zu sehr* darauf bedacht bin, dass sie mir nicht passieren.

Marlene fängt jedenfalls schon an, sich deswegen Sorgen zu machen. Und Mama ist sowieso das schlechte Gewissen in Person. Sie rechtfertigt sich andauernd lang und breit für ihre Entscheidung, den Urlaub sausen zu lassen. Das Architekturbüro, in dem meine Mama arbeitet, hat einen neuen

Kunden. Einen richtig dicken Fisch. Wenn meine Mama nicht an dem neuen Projekt mitarbeitet, wird es ihre Kollegin tun. Und dann wird wahrscheinlich im Herbst die Kollegin eine Gehaltserhöhung bekommen und nicht meine Mama. Ob ich nicht verstehe, dass Mama den Urlaub da unbedingt verschieben muss?

Ich nicke immer nur matt. Klar versteh ich das. Vor allem weil Mama ihre Kollegin sowieso nicht leiden kann und uns zum Abendessen schon seit Monaten ziemlich ungenießbare Details über sie serviert. Frau Schneiders Parfum riecht nach Kaninchenpipi und so was.

Aber wer versteht mich? Ich will nicht sechs Wochen lang zu Hause bleiben. Ich kann mir das einfach nicht vorstellen.

Zwei Tage lang ist es sehr schlecht um meine Ferien bestellt und eigentlich hab ich sie schon aufgegeben.

Aber am dritten Tag ist dann wundersamerweise doch noch Rettung in Sicht.

Der Rettungsengel hat in diesem Fall einen grauen, sauber gestutzten Schnurrbart, trägt ein frisch gebügeltes Holzfällerhemd und heißt mit Nachnamen Hauptmann. Herr Hauptmann ist unser Hausmeister und wenn er etwas überhaupt nicht leiden kann, dann ist das erstens Unordnung, zweitens Chaos und drittens bin das ich. Mindestens einmal die Woche hinterlässt er eine kleine Nachricht an der Wohnungstüre. Vorletzte Woche stand »Bitte Fahrrad umparken!« darauf. Letzte Woche war es »Keine Schuhe vor der Wohnungstüre stehen lassen!« und heute ist es »Bitte Fußabstreifer ausklopfen!«.

Marlene und ich kommen gerade zusammen von der Schule nach Hause, als wir den Zettel sehen. Marlene isst manchmal bei mir, weil auch ihre Eltern genau wie meine berufstätig und mittags nicht zu Hause sind.

Herr Hauptmann hat seine Mitteilung mit dickem schwarzen Edding auf eine Seite aus dem Stadtanzeiger geschrieben.

Lachend reißt Marlene den Zettel von der Türe und nimmt ihn mit in die Wohnung. Wir kichern und albern eine Weile herum, was Herr Hauptmann wohl als Nächstes bemängeln wird. »Bitte keine Miniröcke tragen!« zum Beispiel. Oder »Haare ordentlicher kämmen!« Als wir uns wieder einigermaßen beruhigt haben, fällt mir plötzlich eine Anzeige auf der Zeitungsseite auf. Das »F« von Fußabstreifer ist zwar darübergeschrieben, dennoch kann ich klar und deutlich die Headline lesen:

Schwedische Partnergemeinde sucht deutsche Gastfamilien.

»Hey, das ist es doch! Vielleicht werden das doch noch tolle Ferien!«, rufe ich und boxe Marlene in die Seite.

Marlene schenkt sich gerade Orangensaft ein. Ein dicker Schwall landet neben ihrem Glas auf dem Boden.

»Was ist es doch?«, fragt sie und sieht kopfschüttelnd zu, wie ich mit Mamas rot-weiß karierter Küchenschürze die Saftpfütze vom Boden wische.

»Lies doch mal!«, bitte ich sie aufgeregt und halte ihr die Zeitungsseite unter die Nase.

»Du willst in den Ferien Fußabstreifer ausklopfen?«, fragt Marlene und sieht mich an wie ein neunäugiges, schleimiges Ungeheuer.

»Nein, natürlich nicht!« Ich tippe mir mit dem Zeitungsausschnitt in der Hand an die Stirn. »Du sollst die Anzeige lesen!«

»Sag mir einfach, was drinsteht!«, meint Marlene, schenkt sich noch mal Saft nach und spaziert auf den Balkon vor unserer Küche.

Ich hole die Schale mit der Lasagne von gestern aus dem Kühlschrank. Der Käse sieht schon etwas mitgenommen aus und ich versuche vergeblich, ihn mit ein paar Blättern frischen Basilikums aufzupeppen. Dann angle ich zwei Gabeln aus der Besteckschublade und setze mich damit zu Marlene auf den Balkon.

Das Wetter ist seit Tagen endlich mal wieder so, wie es im Sommer sein soll. Während ich den bunten Sonnenschirm aufspanne und Marlene anfängt, die kalte Lasagne direkt aus der Schale zu futtern, berichte ich, was in der Anzeige steht.

»Da steht, dass für die ersten drei Ferienwochen deutsche Gastfamilien gesucht werden, die schwedische Jugendliche im Alter zwischen 12 und 15 Jahren bei sich aufnehmen wollen.«

Marlene sieht neugierig von der Lasagne auf.

»Interessierte Familien mit Kindern im entsprechenden Alter haben noch bis zum 22. Juni Zeit, sich bei der Gemeindeverwaltung anzumelden«, lese ich vor. »Und Schwedisch muss ich auch nicht können, weil die Jugendlichen auf die deutsche Schule in Stockholm gehen. Was meinst du? Das klingt doch super, oder?«

Wild gestikulierend fege ich Mamas Blumentopf vom Balkon. Mit einem Knall landet er auf der Straße.

»Hey, du bist ja wieder ganz die Alte!«, freut sich Marlene. »Klar, melde dich an!« Dann wendet sie sich wieder der Lasagne zu. Mit ihren ein Meter 76 kann Marlene futtern wie ein Scheunendrescher. Und davon lässt sie sich auch durch knallharten Käse nicht abschrecken.

Meine Eltern sind bestimmt nicht dagegen, ein Gastkind aufzunehmen, überlege ich. Mein Papa weiß sowieso nicht, was er in den Ferien machen soll. Eigentlich würde er am liebsten auch arbeiten und seine Urlaubstage aufheben. Aber dann müsste er mich den ganzen Tag allein zu Hause lassen. Gestern Abend habe ich gehört, wie er seufzend zu Mama gesagt hat, dass er das nicht übers Herz bringt. Als ob 24-Stunden-Papa-Anwesenheit meine Ferien besser machen würden! Eltern überschätzen sich manchmal maßlos. Wenn ein Mädchen in meinem Alter bei mir wohnen würde, wäre ich nicht allein und Papa könnte ohne schlechtes Gewissen in die Arbeit gehen.

»Wie kann man sich denn anmelden?«, erkundigt sich Marlene kauend.

»Hier steht nur eine Telefonnummer«, erkläre ich.

»Dann ruf doch gleich mal an«, schlägt Marlene vor.

Ich bin nicht besonders wild darauf, mit Ämtern oder anderen öffentlichen Einrichtungen zu telefonieren. Marlene weiß das. Sie musste sogar schon mal für mich beim Zahnarzt anrufen, als ich zum dritten Mal einen Termin vergessen hatte. Die meisten Menschen halten mich ja für extrem aufgeschlossen. Aber das liegt nur daran, weil ich immer mit irgendwelchen dusseligen Aktionen auffalle. Im Grunde meines Herzens bin ich schüchtern wie ein Reh.

»Ich weiß nicht«, sage ich zögerlich. »Da können einen bestimmt nur die Eltern anmelden.«

Marlene grinst. Sie kennt mich nämlich ziemlich gut.

»Okay«, sagt sie und legt die Gabel beiseite. »Ich ruf für dich an. Soll ich sagen, dass ich deine Mutter bin?«

Ich nicke erleichtert.

»Aber zuerst vernichte ich den kläglichen Rest hier!«, sage ich und ziehe die Ofenform mit dem kalten Auflauf über den Tisch zu mir.

Nach dem Essen klemmen wir uns direkt ans Telefon. Ich schalte die Freisprechanlage ein, Marlene wählt die Nummer. Eine Frau aus der Gemeindeverwaltung meldet sich. Marlene kann ihre Stimme problemlos zwei Oktaven tieferstellen. Sie klingt dann auf einmal richtig seriös. In der Tonlage macht sie jedem Versicherungsverkäufer Konkurrenz.

»Schönen guten Tag, Jakob hier«, meldet sich Marlene. Ich muss mir auf die Lippen beißen. »Ich habe Ihre Anzeige im Stadtanzeiger gelesen. Wir haben eine sehr nette 13-jährige Tochter und würden gerne ein schwedisches Gastkind aufnehmen.«

Erwartungsvoll starre ich auf den Telefonhörer. Aber die freundliche Dame am anderen Ende der Leitung informiert uns nur über die Öffnungszeiten ihres Büros, in dem wir das Anmeldeformular abholen können.

»Wo genau ist denn die Gemeindeverwaltung?«

Ich stupse Marlene an und rolle mit den Augen. Bestimmt weiß jeder erwachsene Mensch, wo die Gemeindeverwaltung ist. Mit dieser Frage hätte sie uns fast verraten! Aber die Frau aus der Verwaltung schöpft offensichtlich keinen Verdacht. Unbeirrt freundlich nennt sie uns die Straße und die Nummer ihres Büros. Giselastraße 12. Zimmer 217.

Eigentlich hatten wir vor, nach dem Mittagessen an unseren Baggersee zu fahren. Ich finde auch, dass ich es Marlene nicht zumuten kann, nach all den tristen Regentagen einen Ausflug in ein graues Amtsgebäude zu unternehmen. Aber Marlene sieht das anders.

»Der Sommer ist noch lang!«, meint sie. »Und wenn wir keine passable Ferienbeschäftigung für dich finden, wird er dir sogar noch länger vorkommen. Also holen wir zuerst das Formular!«

Marlene ist echt ein Schatz! Wie soll ich nur die ganzen Ferien ohne sie überstehen???

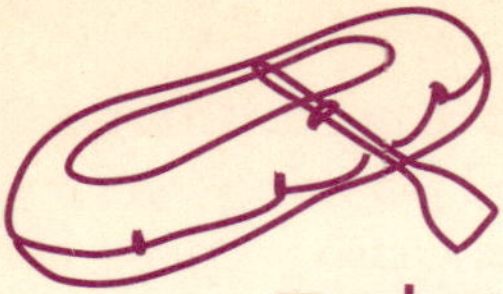

Zu langweilig für diese Welt?

Als Marlene und ich mit dem Anmeldeformular samt Fragebogen aus der Gemeindeverwaltung kommen und mit der Straßenbahn nach Hause fahren, ist es fast schon zu spät für den Baggersee. So traurig bin ich aber gar nicht, dass daraus nichts mehr wird. Donnerstags sind da nämlich immer so ein Haufen Jungs, die nach dem Fußball baden gehen und den letzten Rest ihrer Energie darauf verwenden, den Mädchen mit Wasserpistolen hinterherzurennen und ihnen die Bikinis aufzumachen. Geschafft hat das zwar noch keiner, aber es nervt natürlich trotzdem.

Außerdem will ich unbedingt diesen Fragebogen ausfüllen und mit meinen Eltern über die Idee mit dem Gastkind reden. Ein kleines Wörtchen haben sie dabei ja doch noch mitzureden.

Marlene und ich verabreden uns für den nächsten Nachmittag und einen extralangen Baggersee-Besuch direkt nach der Schule. Als wir uns gerade an der Haltestation mit zwei Küsschen voneinander verabschieden wollen, bleibt mir fast das Herz stehen. Auf der gegenüberliegenden Straßenseite schlendert der coole Typ aus dem Karstadt! Kaugummi kauend und mit den Stöpseln seines iPods in den Ohren. Ich gehe sofort hinter dem Schild mit den Straßenbahnfahrplänen in Deckung und Marlene schmatzt ihren zweiten Kuss in die leere Luft. »He!«, ruft Marlene. Aber dann sieht sie ihn auch und fängt an, über das ganze Gesicht zu grinsen. Als der Typ weg ist, behauptet Marlene steif und fest, er hätte uns zugelächelt. Aber ich schätze mal, das kann man getrost in der Akte mit der Aufschrift »Wahnvorstellungen der Marlene K.« ablegen.

Mama liegt im Liegestuhl auf dem Balkon. Offensichtlich hat sie heute schon ein bisschen früher Schluss gemacht. Kein Wunder, gestern Abend ist sie erst um zehn aus dem Büro gekommen.

Der zerbrochene Rosentopf steht frisch gekittet neben ihr. Den muss sie von der Straße aufgelesen haben. Marlene und ich haben das in der Aufregung vorhin völlig vergessen. Aber meine Mutter nimmt so was cool. Sie hat ungefähr seitdem ich drei bin aufgehört, mir wegen meiner Tollpatschigkeit Vorwürfe zu machen.

Mama hat die Augen geschlossen und döst. Ihre Nase sieht schon ganz rot von der Sonne aus.

Ich beschließe, uns erst mal zwei Eisschokoladen zu machen und schon vorab für ein bisschen gute Stimmung zu sorgen.

Dann kann mir Mama bestimmt keinen Wunsch abschlagen.

Als die Eisschokoladen fertig sind, stelle ich sie auf das Tischchen neben Mama. Plötzlich habe ich noch einen grandiosen Einfall. Ich schneide eine Gurkenscheibe ab und lege sie Mama auf den verbrannten Nasenrücken. Das soll doch so gut gegen Sonnenbrand sein! Mama schreckt aus dem Schlaf hoch, blickt verwundert um sich und schlägt dabei mit dem Handrücken eine Eisschokolade vom Tisch.

»Da kann ich aber ausnahmsweise nichts dafür!«, seufze ich und reiche Mama das noch heile Glas.

»Hallo erst mal!«, sagt Mama verschlafen, fischt sich mit leicht angeekeltem Gesichtsausdruck die glitschige Gurkenscheibe aus dem Dekolleté und nippt an ihrem kalten Kakao. »Wo kommst du denn her?«

Wunderbar, denke ich. Damit sind wir gleich beim Thema. Ich wurstle den Antrag aus meinem Rucksack und verkünde fröhlich: »Ich habe mich um die Rettung unser aller Sommerferien gekümmert!«

Das Trara mit der Eisschokolade hätte ich mir sparen können. Mama liest sich das Anmeldeformular durch und ist sofort begeistert.

»Toll, Emma!«, strahlt sie. »Da bekommst du für die Ferien ja so eine Art Schwester!«

Ich nicke vergnügt. »Und du bekommst deine Gehaltserhöhung!«

Wenn Mama und ich bei einer Sache einer Meinung sind, hat Papa keine Chance mehr. So ist das wohl, wenn die Frauen in der Überzahl sind. Aber in diesem Fall ist Papa bestimmt sowieso auf unserer Seite und ich kann getrost damit anfangen, das Anmeldeformular auszufüllen.

Als Erstes brauche ich ein Foto von mir, um es in die rechte obere Ecke zu kleben. Ich wühle in der Kiste mit den Urlaubsbildern vom letzten Jahr. Da waren wir am Kalterer

See. Egal ob auf der Liegewiese, der Hotelterrasse oder beim Shopping in Bozen – irgendwie sehe ich auf allen Aufnahmen gleich aus. Mein Pferdeschwanz sitzt schief und schräg am Kopf – nie an der Stelle, an der ich ihn morgens gebunden habe. Dunkelbraune Haarsträhnen stehlen sich an allen Seiten aus dem Gummiband und stehen wirr von meinem Kopf ab. Meine Frisur erinnert mich manchmal an einen Becher voll abgenutzter Borstenpinsel. Auf allen Bildern grinse ich kulleräugig und leicht genervt in die Kamera und entblöße dabei die streichholzdicke Zahnlücke zwischen meinen Vorderzähnen. Wenn man genau hinsieht, erkennt man außerdem fast immer Spuren vom Frühstück, Mittag- oder Abendessen. Auf meinem T-Shirt, dem Rock und sogar auf meinem klitzekleinen Bikinioberteil prangt ein dicker Fleck – es grenzt schon fast an Artistik, dieses winzige Stückchen Stoff so gezielt zu treffen. »Chaostante Emma«, sage ich kopfschüttelnd zu mir selbst. »Ob dich jemand als Gastschwester will?«

Zumindest gibt's an meiner Figur – außer zweier fingernagelgroßer Dellen am Oberschenkel – nichts Schwerwiegendes auszusetzen. Und Marlene schwärmt immer von meiner winzigen, wohlgeformten Nase. Aber gegen Marlene hat sogar Snoopy ein Stupsnäschen.

Während ich so über den Fotos hänge, kritzle ich mit meinem Kugelschreiber gedankenverloren auf einem Blatt Papier rum. Ich zeichne ziemlich gerne und meistens ist das Ergebnis gar nicht so übel. In diesem Moment male ich unbewusst ein Bild von mir selbst. Und als es fertig ist, muss ich zugeben, dass es besser ist als jedes Foto. Zumindest kann man keine Pizza-, Eis- oder Marmeladenflecken darauf erkennen.

»Das nehm ich«, beschließe ich. Ist ja auch viel origineller als so ein doofes Foto.

Dann muss ich nur noch die Fragen beantworten. Wie ich heiße, wann ich geboren bin, wie meine Eltern heißen, was sie für einen Beruf ausüben und so was. Als Nächstes muss ich angeben, ob der Gast sein eigenes Zimmer haben wird. Eigentlich könnten wir Papas kleines Arbeitszimmer als Gästezimmer umfunktionieren. Aber ist ein gemeinsames Zimmer nicht viel netter? Dann kann ich mit meiner Gastschwester bis tief in die Nacht plaudern. Oder wir holen uns den kleinen Fernseher aus dem Wohnzimmer, gucken Serien und essen Eiscreme! Kurz entschlossen gebe ich »Nein« an. Wir teilen uns mein Zimmer.

Schwierig wird es bei meinen Hobbys. So viele Hobbys hab ich nämlich gar nicht. Fotografieren gehört seit diesem Schuljahr dazu. Ich war im Wahlkurs Foto und das hat echt Spaß gemacht. Manchmal schneidere ich mir auch meine Klamotten selber oder peppe alte T-Shirts von mir mit Perlen und Pailletten auf. Malen und Zeichnen kann ich auch mit auf die Liste setzen.

Aber ist Ins-Kino-Gehen ein Hobby? Und Musik hören? Und Comics lesen? Ich schreibe einfach mal alles auf. Einen Großteil meiner Zeit verbringe ich außerdem damit, mit Marlene zu telefonieren. Aber ich vermute mal, das fällt nicht wirklich unter Hobbys.

Bei meinen sportlichen Aktivitäten muss ich nicht lange nachdenken. Da kann ich einfach einen dicken Strich machen. Ich bin so fit wie ein Filzpantoffel. Außer Fahrradfahren und im Baggersee planschen ist sportlich gesehen bei mir nicht viel los.

Klingt irgendwie langweilig, überlege ich, als ich fertig bin und Mama das Formular mit ihrer Unterschrift abgesegnet hat. Ich sollte unbedingt noch was Spannendes schreiben. Irgendwas, das mich interessanter macht. Ich gehe ins Wohnzimmer und schalte den Fernseher ein. Im Dritten kommt gerade ein Bericht über Bergsport. Unter anderem redet ein dreitagebärtiger Muskelmann über den »Thrill« beim Eisklettern.

Cool, denke ich. Eisklettern klingt gut. Das setze ich noch mit auf die Liste. Außerdem fällt mir Tiefseetauchen ein. Schließlich sind Eisklettern und Tauchen zwei Sachen, bei denen man in unserem kleinen Städtchen schwer überprüfen kann, ob ich sie wirklich so gut kann.

Sehr zufrieden mit mir stecke ich das Formular in einen Briefumschlag, den ich gleich am nächsten Tag auf die Post bringen werde. Und dann heißt es nur noch warten, warten, warten.

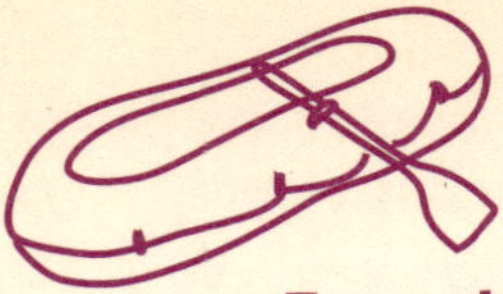

Ein schwieriger Fall

Dreizehn Tage lang laufe ich jeden Tag nach der Schule direkt zum Briefkasten und durchstöbere die Post nach einem Bescheid vom Amt. Am vierzehnten Tag halte ich es nicht mehr aus.

Marlene und ich sitzen auf den Steinstufen im Pausenhof und planen unseren Nachmittag. Das geht meistens ziemlich schnell, weil es in unserer kleinen Stadt nicht allzu viele Möglichkeiten gibt.

»Baggersee?«, fragt Marlene.

»Baggersee«, antworte ich und beiße in mein Honigbrot.

Eine Weile sitzen wir schweigend nebeneinander und kauen vor uns hin. Dann wage ich es endlich, Marlene etwas zu fragen, das mir schon die ganze Zeit auf den Nägeln brennt.

»Duhu, Marlene«, sage ich und meine Stimme klingt noch süßer als der Honig auf meinem Brot.

Marlene durchschaut sofort, dass ich irgendeine unangenehme Bitte habe. Sie durchbohrt mich mit ihrem Röntgenblick und fragt: »Was ist? Soll ich dir die Fußnägel lackieren?«

»Quatsch!«, antworte ich und gebe ihr mit meinem unlackierten Fuß einen kleinen Tritt gegen die Wade. Dann schalte ich wieder auf nett um und flöte: »Aber könntest du nicht noch mal für mich beim Amt anrufen und meine Mutter spielen?«

»Ach so, sag's doch gleich!« Marlene verdreht die Augen. »Kein Problem«, meint sie dann und fügt mit verstellter Stimme hinzu: »Hallo Emma, hier spricht deine Mutter. Du hast Honig in den Haaren!«

Ist eigentlich schon mal jemand an Ungeduld gestorben? Den ganzen restlichen Schultag fiebere ich Marlenes Anruf bei der Gemeindeverwaltung entgegen. Ich hab echt Panik, dass für mich keine Schwedin übrig geblieben ist und ich in den Ferien doch alleine bleiben muss. Mit wippenden Knien hocke ich hinter meiner Schulbank und warte darauf, dass es Mittag wird und Marlene mir endlich Gewissheit über meine Sommerferien verschafft. Als mich der Schulgong Punkt ein Uhr erlöst, renne ich so schnell aus dem Klassenzimmer, als gäbe es am Schultor mp3-Player zu verschenken. Marlene wackelt kopfschüttelnd hinterdrein.

Bei mir zu Hause angekommen drücke ich ihr sofort den Telefonhörer in die Hand. Meine Finger sind schweißnass, als ich die Nummer der Gemeindeverwaltung wähle.

Es tutet eine kleine Ewigkeit aus dem Hörer, dann meldet sich die freundliche Dame vom letzten Mal.

»Jakob hier«, sagt Marlene mit ihrer gespielt erwachsenen Stimme. »Wir haben uns um ein schwedisches Gastkind beworben und wollten fragen, ob in der Sache schon eine Entscheidung gefallen ist.«

»Frau Jakob? Einen Moment bitte.« Wir hören, wie die Dame vom Amt in irgendwelchen Unterlagen wühlt. »Jakob … Jakob … Jakob … Ah, da hab ich's ja! Das ist gerade erst gestern entschieden worden.«

»Und?«, kiekst Marlene und vergisst in der Aufregung ganz, ihre Stimme zu verstellen. »Und?«, fragt sie ein zweites Mal mit tieferer Stimme.

»Also …«, sagt die Dame lang gezogen. Offensichtlich liest sie noch in den Papieren. Wir hören es wieder rascheln. Ich hänge vor Nervosität schon halb unterm Tisch. »Das war ein schwieriger Fall.«

Jetzt liege ich unterm Tisch.

»Ihre Tochter hat ja sehr außergewöhnliche Hobbys«, fährt die Frau jetzt fort. »Tiefseetauchen … Eisklettern … Es war nicht leicht, da jemanden zu finden.«

Marlene sieht mich fragend an. Ich krieche immer weiter unter den Tisch.

»Aber dann haben wir doch ein Mädchen gefunden. Sie heißt Dine Anderson und ist 14 Jahre alt.«

Ich stöhne auf vor Erleichterung und küsse den staubigen Fußboden. Meine Ferien sind gerettet! Was für ein Glück!

Wie durch einen Nebel und mit Staubflusen zwischen den Lippen höre ich, was die Frau sonst noch sagt.

Dass das schwedische Mädchen genau wie ich anstatt eines Fotos eine witzige Zeichnung beigelegt hat. Und dass wir auch sonst ein paar Gemeinsamkeiten haben.

»Darüber können sich die beiden Mädchen ja dann vor Ort austauschen«, meint die Dame. »Sie wissen ja, Anreisetag ist der letzte Schultag. Genauere Infos erhalten Sie mit der Post.«

Nachdem sich Marlene bedankt, den Hörer aufgelegt und mich vom Boden hochgezogen hat, führen wir erst mal einen kleinen Freudentanz auf. Dass dabei Papas komischer Briefbeschwerer in die Brüche geht, kann mir die Laune auch nicht mehr verderben.

Auf einem Bein hüpfe ich durch die Wohnung, als Marlenes Gesicht plötzlich ganz ernst wird.

»Was ist?«, frage ich besorgt.

»Zwei Sachen«, meint Marlene.

»Nummer eins?«, frage ich.

»Die Schwedenbraut wird nicht deine neue beste Freundin, oder?« Die riesige Marlene sieht mich an wie ein Zwergpudel.

»Du Dummi!«, sage ich und drücke sie ganz fest. »Niemals!«

»Und Nummer zwei«, sagt Marlene, die in meinen Armen kaum Luft bekommt. »Du kannst Tiefseetauchen?«

Ich lasse sie wieder los und gucke verlegen an die Decke.

»Das will ich sehen!«, lacht Marlene. »Los an den Baggersee!!«

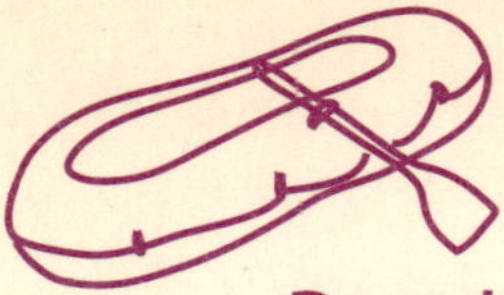

Bereit für die Schwester aus Schweden

Die letzten beiden Schulwochen könnte man meiner Meinung nach ersatzlos streichen. Wir hängen hinter unseren Schulbänken wie welke Salatköpfe und sogar unsere Lehrer sehen so aus, als ob sie jeden Moment an der Tafel einschlafen würden. Ich warte nur drauf, dass dem Ersten beim Schreiben die Kreide aus der Hand und der Kopf auf die Brust fällt.

Einzig und allein der Fotokurs macht noch halbwegs Spaß. Blöd ist nur, dass uns die Kursleiterin für die Ferien eine Art Hausaufgabe aufgegeben hat. Wir dürfen uns über die Ferien Kameras ausleihen und sollen damit den Sommer fotografieren. Blumenwiesen, Sonnenbrand, nackte Füße. Alles, was uns dazu einfällt.

Aber dabei kann mir ja meine schwedische Gastschwester super helfen!

Die restlichen Schulstunden arbeite ich an einer Liste mit Dingen, die ich sonst noch mit meiner schwedischen Freundin unternehmen könnte.

Nach drei Tagen blicke ich stolz auf das Ergebnis:

1. An den Baggersee gehen (außer donnerstags, wenn die Jungs vom Fußball da sind)
2. Pizza essen gehen (und über die Jungs vom Fußball lästern)
3. Einen Tag im Spaßbad verbringen (Mama fragen, ob sie ein bisschen Kohle zuschießt!)
4. In den Freizeitpark fahren (noch mal Mama fragen, ob sie was zuschießt! Immerhin kriegt sie im Herbst 'ne Gehaltserhöhung ...)
5. Kitschige Liebesfilme im Kino anschauen (Taschentücher einstecken!)
6. Kitschige Liebesfilme auf DVD ausleihen (Taschentücher neben das Sofa stellen!)
7. Shoppen bis zum Umfallen
8. Neue Eisschokoladenrezepte ausprobieren
9. Zur Visagistin gehen und sich schminken lassen (am besten nicht an einem Tag, an dem wir uns noch einen kitschigen Liebesfilm ansehen)

Die fertige Liste schreibe ich in Schönschrift (und ohne die Anmerkungen in Klammern) auf ein DIN-A3-Blatt ab, zeichne eine Girlande aus Blumen, Sonnenschirmen, Eisbechern und Lippenstiften darum herum und klebe sie mit Tesafilm zu Hause an meine Zimmertüre.

Die Girlande kostet mich vier Unterrichtsstunden und langsam aber sicher rückt der letzte Schultag immer näher.

Und der letzte Schultag, das ist auch der Tag, an dem die Schweden mit dem Bus anreisen werden!

Traditionell gibt es an unserer Schule am Abend des Zeugnistags immer ein großes Sommerfest. Der Schulhof steht dann voller Tische und Bierbänke, die Schulband spielt schön laut und falsch und engagierte Eltern fangen schon Tage vorher an, Berge von Heidelbeertörtchen und Erdbeerschnitten zu backen.

Das Beste am Sommerfest ist aber natürlich die Vorfreude auf die Ferien, die jedem ins Gesicht geschrieben steht.

Marlene behauptet steif und fest, dass an diesem Abend sogar die präparierten Tiermodelle im Biosaal von einem Ohr zum anderen grinsen.

Der letzte Schultag ist also der perfekte Tag, Dine in Deutschland willkommen zu heißen.

Am Abend vor dem großen Tag richte ich mit Mama mein Zimmer her. Wir stellen das Gästebett so auf, dass es mit meinem ein »L« ergibt. Mama hat neue Bettwäsche für Dine besorgt. Mit großen roten Mohnblumen darauf. Ein bisschen kitschig, aber irgendwie ganz hübsch. Jedenfalls passt sie super zu meinen weißen Möbeln.

Auf der Wiese hinter unserem Haus pflücke ich im Halbdunkel noch schnell zwei Blumensträuße. Einen davon stelle ich auf Dines Nachttischkästchen, den anderen will ich mitnehmen, wenn ich morgen um zwei Dine vom Bus abhole. Mama kann leider nicht dabei sein, weil sie im Büro schon mitten in dem neuen Projekt steckt. Papa schafft es auch nicht früher. Aber den Weg zum Gemeindehaus kenne ich ja mittlerweile.

Und dann ist es so weit! Ich bin so aufgeregt, dass ich kaum erkenne, welche Noten dieses Jahr in meinem Zeugnis stehen. Und dabei ist das bei mir richtig spannend! So genau weiß ich nämlich vorher nie, was mich erwartet. Vielleicht, weil es mich unterm Schuljahr gar nicht so brennend interessiert. Mein Papa meint, er hatte in der Schule immer nur Vierer und jetzt ist er doch IT-Manager geworden. Ich hab meistens Dreier – und IT-Managerin will ich ganz bestimmt nicht werden!

Dieses Jahr hat sich sogar eine einsame Eins unter die ganzen Dreier verirrt. Für das Wahlfach Foto. Aber Wahlfachnoten gelten nur die Hälfte. Sagt jedenfalls Marlenes Papa, der sonst jeden von Marlenes vielen Einsern mit 20 Euro prämiert.

Um halb zwei sitze ich endlich mit zitternden Knien in der Straßenbahn. Der Blumenstrauß liegt mit einer gelben Satinschleife zusammengebunden auf meinem Schoß. Einer Margerite fehlen schon ein paar Blütenblätter, weil ich vor lauter Aufregung die ganze Zeit daran herumzupfen muss.

Ich habe mein olivgrünes Hemdblusenkleid mit dem breiten Nietengürtel angezogen, einen kunterbunten, dünnen Schal umgewickelt, den ich neulich selbst mit kleinen Holzperlen bestickt habe, und zur Feier des Tages auch noch himbeerfarbenen Lippenstift aufgetragen.

So will ich heute Abend auch auf die Schulparty gehen. Für Dine hab ich auch schon ein paar Sachen ausgesucht und an meinen Schrank gehängt. Falls sie sich was von mir ausleihen will. Aber so 'ne vierzehnjährige Schwedin hat bestimmt den ganzen Koffer voll mit tollen Fummeln!

Hoffentlich ist sie nicht enttäuscht, dass ich ein Jahr jünger bin als sie. Und hoffentlich fällt uns gleich etwas ein, über das wir reden können!

Ups, jetzt hab ich der armen Margerite den Kopf abgeknipst. Der ältere Herr mir gegenüber lächelt.

»Erste Verabredung mit einem jungen Mann?«, fragt er mit tiefer Stimme und schmunzelt.

Ein paar Reihen vor mir balgen sich drei Jungs lautstark um irgendein Computerspiel. Alle drei sind so blass wie Ziegenmilch mit Spucke. Einzig und allein ein paar Pickel bringen ein bisschen Farbe in ihre Gesichter. Marlenes Bruder hängt auch den ganzen Tag vor dem Computer. Wenn wir bei ihr im Zimmer sitzen, können wir das »Piep! Bang! Wrumm!« durch die Wand hören.

»Ja, ja, die Liebe!«, säuselt der Mann jetzt und sieht mit verklärtem Blick aus dem Fenster.

Ich verziehe den Mund zu einem schiefen Lächeln, aber innerlich verdrehe ich die Augäpfel bis zum Anschlag. Einer der Jungs kloppt seinem Freund das Spiel auf den Kopf.

Erste Verabredung? Liebe? Das fehlte gerade noch! Wer sich freiwillig mit so etwas Albernem wie einem Jungen trifft, ist in meinen Augen echt selbst schuld!

Auf dem kleinen Platz vor dem Gemeindehaus stehen schon ein paar Familien und warten. Aus meinem Stadtteil scheint niemand dabei zu sein. Ich kenne jedenfalls keinen. Außer der Bürgermeisterin, die in einem roten Kostüm in der Mitte steht. Und die kenne ich auch nur aus der Zeitung.

Ich bin die Einzige, die allein gekommen ist und stelle mich ein bisschen abseits unter einen Baum. Über mir hebt eine Taube mit lautem Flügelschlag von einem Ast ab. Ein kleiner grün-grauer Haufen landet nur ein paar Millimeter neben meinem Schuh. »Nicht getroffen!«, freue ich mich. »Heute ist mein Glückstag!« Und genau in diesem Moment rollt der große anthrazitgraue Bus aus Schweden an.

Ein aufgeregtes Raunen geht durch die Menge, der Bus atmet ein letztes Mal aus – pfffff –, dann steht er still.

Als sich die Türen öffnen, steigt ein kleiner Mann mit einem braunen Vollbart aus.

»Herzlich willkommen in Deutschland!«, begrüßt ihn die Bürgermeisterin feierlich und stellt ihn als Herrn Göransson, unseren schwedischen Ansprechpartner für alle Fragen vor.

Dann winkt Göransson die schwedischen Jugendlichen aus dem Bus. Nach und nach kommen sie die schmale Treppe herunter.

Mein Blick fällt sofort auf ein blondes Mädchen mit Pferdeschwanz, Sommersprossen und einem lustigen Grinsen auf den Lippen. Ich könnte meine Nase darauf verwetten, dass das Dine ist! Ich hab da so eine Art siebten Sinn. Manchmal setzen Marlene und ich uns ins Eiscafé und raten, wie die Leute um uns herum heißen. Ab und zu schnappen wir dann auch ihre wirklichen Namen auf. Ich lag bestimmt schon dreimal richtig!

Bevor die einzelnen Gastkinder ihren Familien zugeteilt werden, hält die Bürgermeisterin noch eine Rede. Mit lauter Stimme verkündet sie, wie sehr sich alle über den Besuch freuen und was für eine schöne Zeit uns bevorsteht. Das typische Blabla. Während sie ihren Monolog ablässt, versuche ich schon mal Blickkontakt mit Dine aufzunehmen. Tatsächlich lächelt sie mir zu. Sie hat große weiße Zähne und sieht einfach total sympathisch aus. Mensch, das werden super Ferien werden!

Als die Bürgermeisterin endlich fertig ist und alle artig in die Hände klatschen, ergreift Herr Göransson das Wort.

Der Sauerampfer, die Glockenblumen und die übrig gebliebenen Margeriten in meiner Hand fangen an vor Aufregung zu zittern, als er die ersten Namen seiner schwedischen Schützlinge aufruft.

Asa Sandström, Bengt Nilsson und Björn Linde werden herzlich von ihren Familien in Empfang genommen. Ich grinse immer noch das blonde Mädchen an und stelle mir bereits vor, wie wir nebeneinander auf meinem Bett sitzen, Chips mampfen und quatschen, als Herr Göransson nach »Britta Caspersen« ruft. Die vermeintliche Dine setzt sich in Bewegung und spaziert zu einer Familie Schulze.

Na ja, Schwamm drüber, so ein siebter Sinn kann ja auch mal Ferien haben!

Aber wer ist dann bitte die richtige Dine?

Ich muss nicht mehr lange warten, bis ich es endlich erfahre. Denn jetzt bittet Herr Göransson Dine Anderson und mich nach vorne. Auf wackligen Beinen mache ich mich auf den Weg. Ich sehe einen wuscheligen braunen Haarschopf, der sich durch die Gruppe der Schweden schlängelt. Eigentlich hatte ich mir meine Gastschwester immer so blond wie Britta vorgestellt. Aber an der Haarfarbe soll unsere Freundschaft natürlich nicht scheitern!

Ich bringe noch schnell meinen verrutschten Pferdeschwanz in Position und fahre mit den Fingern durch ein paar verknotete Haarsträhnen, als Dine aus der Menge tritt.

Unwillkürlich weiche ich zwei Schritte zurück. Mein Kiefer klappt herunter, als hätte er ein kaputtes Scharnier.

»Hallo!«, sagt Dine mit tiefer Stimme und streckt mir eine breite Hand entgegen. Das ist keine Mädchenstimme. Und das ist auch keine Mädchenhand.

Mein Kiefer klemmt fest. Ich bringe kein Wort raus.

»Ich bin Dine!«, meint der Junge mit den dunklen Locken. »Dein Gastbruder.«

»Hallo Dine«, sage ich jetzt leise und merke, wie der kleine Blumenstrauß aus meiner Hand rutscht und lautlos zwischen dem fremden Jungen und mir auf den Asphalt fällt.

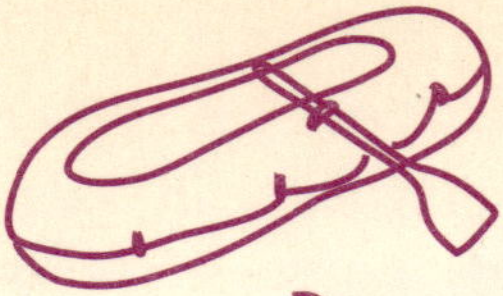

Der große Hauptgewinn

Als sich alle Familien verabschiedet haben, stehen Herr Göransson, die Bürgermeisterin, Dine und ich unter der großen Linde vor dem Gemeindehaus und diskutieren, wie dieser fatale Fehler passieren und aus meiner Gastschwester ein Bruder werden konnte. Besser gesagt, die Bürgermeisterin und Herr Göransson diskutieren. Dine steht betreten neben dem vollbärtigen Schweden und sieht auf seine Hände, die wie bei einem kleinen Hund viel zu groß im Vergleich zum restlichen Körper erscheinen. Und ich bin so fassungslos, dass ich erst mal kein Wort rausbringe. Wie in Trance starre ich auf den grün-grauen Taubenschiss, der mich vorhin nur um ein Haar verfehlt hat. Ein Junge! In meinen vier Wänden! Die nächsten drei Wochen! Das darf doch nicht wahr sein.

Offensichtlich findet Herr Göransson die Sache mit Dine und mir auch noch lustig.

»Wir in Schweden haben die Anmeldeformulare gar nicht zu Gesicht bekommen. Die deutsche Gemeinde hat die Gastfamilien zugeteilt«, meint er und fügt schmunzelnd hinzu: »Aber ich finde, sie hat ihre Sache sehr gut gemacht.«

»Wie meinen Sie das?«, fragt die Bürgermeisterin und ihre Stimme klingt ziemlich gereizt. Man merkt, dass sie sich den Nachmittag anders vorgestellt hat und nicht besonders scharf darauf ist, sich länger mit uns beiden halben Portionen zu beschäftigen. Vermutlich würde sie jetzt lieber in ihr klimatisiertes Amtszimmer stöckeln und an der nächsten vollmundigen Rede schreiben.

»Sehen Sie sich die beiden doch an«, fordert Göransson die Bürgermeisterin mit einem schelmischen Grinsen auf. »Das ist doch ein hübsches Paar!«

»Dass sie da auch noch Witze machen können«, meint die Bürgermeisterin, schließt die Augen und schüttelt entsetzt den Kopf.

Von der Seite werfe ich Dine einen verstohlenen Blick zu. Er zupft an den Ärmeln seines weinroten Strickpullovers, die so kurz sind, dass sie nicht einmal seine Handgelenke bedecken. Wie kann man im Hochsommer überhaupt einen Strickpullover tragen? Seine Jeans sind zwar ganz okay, aber die können es auch nicht mehr rausreißen. Also wenn ich mit so einem komischen Kauz ein hübsches Paar abgebe – na dann prost Mahlzeit!

»Dine klingt in Deutschland wie ein Mädchenname«, erklärt die Bürgermeisterin wahrheitsgemäß.

Ich merke, wie Dine zusammenzuckt.

»In Schweden werden nur echte Kerle so genannt!«, verteidigt Göransson seinen Schützling und legt ihm einen Arm um die schmalen Schultern. Dine versucht ein Lächeln, aber es rutscht ihm gleich wieder von den Lippen.

»Wie auch immer!«, meint die Bürgermeisterin und wischt den Einwand mit einer flotten Bewegung aus dem Handgelenk beiseite. Ihr goldenes Armband blitzt in der

Sonne. »Auf alle Fälle haben wir hier ein Problem. Und das müssen wir lösen.« Sie wendet sich an Dine und fragt ihn so laut, als hätte sie es mit einem Schwerhörigen zu tun: »Verstehst du überhaupt, was ich sage?«

Dine nickt. »Meine Mutter ist Deutsche. Ich spreche zwar nicht ganz perfekt, aber ich verstehe alles.«

Die Bürgermeisterin atmet hörbar auf. »Das macht die Sache wenigstens etwas einfacher«, murmelt sie und fährt in normaler Lautstärke fort: »Käme es denn für euch infrage, die Ferien miteinander zu verbringen?«

»Für mich wäre das kein P…«, setzt Dine an.

»Niemals!«, mische ich mich jetzt doch ein. Das wäre ja noch schöner! Der Typ glaubt wohl nicht ernsthaft, er könnte in meiner schönen neuen Mohnblumen-Bettwäsche übernachten!

»Wir könnten Dine ins nächste Flugzeug zurück nach Schweden setzen«, überlegt die Bürgermeisterin und wiegt den Kopf hin und her, als würde sie die Kosten abschätzen.

Vielleicht bilde ich es mir nur ein, aber irgendwie habe ich den Eindruck, dass Dine auf einmal schrecklich müde aussieht. Klar, er saß jetzt bestimmt 20 Stunden in diesem stickigen Bus. Das Knie vom Hintermann im Rücken. Vor sich nicht mehr als eine Hutschachtel voll Platz, um die Beine auszustrecken. Und jetzt soll er gleich wieder ins nächste Flugzeug verfrachtet und zurück nach Hause transportiert werden. Wie ein unzustellbares Paket. Eigentlich kann man das nicht einmal einem Jungen zumuten.

»Vielleicht kann er in einer anderen Familie unterkommen?«, schlage ich kleinlaut vor und sehe dabei auf Dines gelbe Turnschuhe. Turnschuhe, die in etwa so groß sind wie U-Boote.

Die Bürgermeisterin seufzt wie eine uralte Dampflok. »Es war jetzt schon schwierig genug, ein paar Familien zu finden«, erklärt sie und sieht Dine so vorwurfsvoll an, als trüge er mit seinem komischen Namen ganz allein die Schuld für alle Probleme auf diesem Planeten.

Jetzt bin ich diejenige, die seufzt. Ich muss an den Obstkuchen denken, den Mama extra gebacken hat. Und dass Dine bestimmt noch nicht zu Mittag gegessen hat. Gewaltsam reiße ich meinen Blick von Dines seltsamen Schuhen los.

»Okay, dann kommt er eben erst mal mit zu uns«, gebe ich mich geschlagen.

Aber die Betonung liegt auf dem *erst mal.*

Papa ist entsetzt.

»Was habe ich dir in den letzten dreizehn Jahren eigentlich beigebracht?«, fragt er mit lauter Stimme. Dann lässt er sich erschöpft aufs Sofa fallen und schüttelt minutenlang den Kopf – gerade so, als wäre sein ganzes Lebenswerk zerstört.

»Der arme Junge«, murmelt er. »Hast du schon mal etwas von Gastfreundschaft gehört?«, fragt er mich und sieht aus dem Fenster, als würde er dort die Antwort finden.

»Dine ist kein Mädchen. Was soll Emma drei Wochen lang mit ihm anfangen?«, nimmt mich Mama in Schutz.

»Das ist mir egal«, sagt Papa und zieht die Stirn in Falten. »Zur Not kümmere ich mich um ihn. Nach Hause wird er jedenfalls nicht geschickt. Punktum.«

Wir hören ein zaghaftes Klopfen an der Wohnzimmertüre.

»Komm rein, Dine!«, sagt Papa und geht auf Dine zu, der etwas zögerlich ins Zimmer tritt. Nachdem er ein Viertel von Mamas Obstkuchen verdrückt hat, ist er erst mal eine Stunde im Bad verschwunden, um ausgiebig zu duschen. Zumindest scheint er nicht zu den Stinkesocken zu gehören. Seine Locken sind noch nass. Sein Gesicht wirkt schmal und blass. Das ist also damit gemeint, wenn man sagt, dass jemand aussieht wie ein begossener Pudel.

»Ich will nicht stören«, stammelt er mit diesem lustigen Akzent, der klingt, als würde ein Waldwichtel sprechen.

»Du störst überhaupt nicht!«, sagt Papa und legt einen Arm um Dine, so wie es vorhin auch Herr Göransson gemacht hat. Wie Männer aus der Bierwerbung, denke ich. Gleich lassen sie die Kronkorken ploppen. Genervt gucke ich an die Zimmerdecke.

»Wir freuen uns, dass du da bist und werden bestimmt viel miteinander erleben«, fährt Papa fort. Er klingt genau wie die Bürgermeisterin in ihrer Begrüßungsrede. »Jetzt nimmt dich Emma erst mal mit auf das große Schulfest!«

Dine mit aufs Schulfest nehmen? Da kann ich ja gleich auf meine eigene Beerdigung mit ihm gehen. Dass Eltern so grausam sein können!

»Ne, jetzt räumen wir erst mal Dines Bett aus meinem Zimmer!«, widerspreche ich energisch und dampfe durch die Türe.

»Und danach geht ihr zusammen aufs Schulfest!«, höre ich Papa mir noch hinterherrufen.

Wütend stapfe ich in mein Zimmer und reiße im Vorbeigehen erst mal die Liste mit den geplanten Ferienunternehmungen von der Tür. »Mann, die nächsten drei Wochen habe ich mir wirklich anders vorgestellt«, murmle ich und kicke das zerknüllte Papier mit dem Fuß gegen die Zimmerwand. Dine kommt hinter mir hergetrottet.

»Ich hole meinen Koffer und ziehe mich um«, sagt er leise. Dann fügt er mit vorsichtiger Stimme hinzu: »Für das Fest.« Es klingt fast wie eine Frage. So als würde er darauf warten, dass ich ihm doch noch verbiete mitzukommen. Schweigend schnappe ich mir die Klamotten, die ja eigentlich für Dine am Schrank hängen, und stopfe sie zurück in die einzelnen Fächer. Im Blümchenkleid wird er ja wohl kaum vor meinen Schulfreundinnen antanzen wollen. Aber peinlicher als sein momentanes Outfit wäre das ehrlich gesagt auch nicht!

Hoffentlich zieht er wenigstens den weinroten Pulli aus, überlege ich, lasse mich auf mein Bett fallen und schmolle eine Runde. Papa kommt ins Zimmer, um das Gästebett zu holen und in sein Arbeitszimmer zu tragen. Ich würdige ihn keines Blickes.

Als ich die Badezimmertüre schlagen und Dine den Flur entlangtapsen höre, bete ich ein letztes Mal, dass er sich in einen hübschen Prinzen verwandelt haben möge. Nicht, dass ich Interesse an einem hübschen Prinzen hätte. Aber für die Schulparty wäre das auf alle Fälle die bessere Begleitung. Ich darf gar nicht daran denken, wie mich alle auslachen werden, wenn ich mit diesem schrägen Vogel ankomme!

Als Dine die Türe öffnet, werfe ich erst mal einen Blick auf seinen Oberkörper – und bin total erleichtert! Puh, Glück gehabt, der zu kleine Pulli ist tatsächlich verschwunden. Stattdessen trägt Dine jetzt ein schlichtes weißes T-Shirt. Doch schon im nächsten Moment bekomme ich einen herben Rückschlag. Vor mir steht ein Typ mit einer riesigen dunkelbraunen Hornbrille, die selbst meinem Urururopa einen Tick zu altmodisch wäre. Für den Bruchteil einer Sekunde glaube ich, dass das gar nicht Dine ist. »Was will denn dieses Ungeheuer hier?«, überlege ich und kenne im selben Moment die Antwort. Mit mir auf meine Beerdigung gehen.

Es ist natürlich doch Dine.

Marlene steht an der Straßenecke neben dem Kiosk und wartet auf Dine und mich. Wir haben ausgemacht, dass wir das letzte Stück zusammen zum Schulfest gehen. Die Sonne steht schon tief am Himmel und Marlenes großer Körper wirft einen langen Schatten auf den Asphalt.

»Hey!«, begrüßt sie mich verwundert, als ich mit Dine im Schlepptau und hängendem Kopf angetrabt komme.

»Wo steckt denn Dine?«, fragt sie und sieht sich nach allen Seiten um. Ich konnte sie noch gar nicht anrufen und ihr von meinem Unglück erzählen, weil ich ja die ganze Zeit mit meinen Eltern diskutieren musste.

»Dine ist nicht gekommen«, wispere ich mit Grabesstimme.

»Und wer ist das da?«, fragt Marlene und starrt auf den schmächtigen Jungen mit dem überdimensionalen Brillengestell und dem wuscheligen Lockenkopf, der direkt neben mir steht.

»Ich bin Dine«, sagt Dine und streckt ihr seine riesige Pfote entgegen.

»Aaahhh«, macht Marlene, als würde sie zugleich nichts und alles verstehen.

Schon von Weitem schwappt uns der Lärm vom Schulhof entgegen. Das triste graue Karree hat sich im Laufe des Nachmittags in einen bunten Festplatz verwandelt. Schüler, Lehrer und Eltern plappern wild durcheinander und die Schulband ist bereits voll zugange. Sie spielt gerade irgendeinen fröhlichen Song aus den Charts, aber für mich klingt es eher wie ein Trauermarsch. Es duftet lecker nach Waffeln, Kaffee und frischen Erdbeeren. Doch ich muss die ganze Zeit nur daran denken, dass das der Geruch meiner Henkersmahlzeit ist. Dine und ich werden bestimmt gleich zum Gespött der ganzen Klasse werden! Sogar meine beste Freundin wird immer wieder von heimlichen Lachkrämpfen geschüttelt. Sie hat sich bei mir untergehakt und stellt Dine höflich ein paar Fragen. Aber zwischendrin spüre ich, wie ihr ganzer Körper zuckt und sie sich ein Lachen nur schwer verkneifen kann! Es ist ja auch zu komisch – ausgerechnet mir, die ich Jungs ungefähr so gut leiden kann wie Schuhcreme im Auge, wird so ein Schwedenhäppchen serviert!

Dine versucht, ein fröhliches Gesicht zu machen, und beantwortet bereitwillig Marlenes Fragen. Er erklärt ihr auch, was in der großen schwarzen Tasche ist, die er umgehängt hat. Eine Spiegelreflexkamera. Das ist also eine der Gemeinsamkeiten, von denen die Dame aus der Gemeindeverwaltung gesprochen hat. Fotografieren. Wenn das so ist, sollte ich mir ein neues Hobby suchen.

»Bestimmt hängt er uns den ganzen Abend am Rockzipfel«, flüstere ich Marlene zu und werfe einen grimmigen Blick in Dines Richtung. Marlene nickt und verdreht genervt die Augen.

Doch wir täuschen uns beide.

Als Dine das bunte Treiben vor unserem Schulgebäude sieht, geht ein Leuchten über sein Gesicht.

»Ich gehe und mache ein paar Fotos, in Ordnung?«, sagt er und ist schon fast in der Menge verschwunden.

»Nur zu«, rufe ich ihm nach. »Reisende soll man nicht aufhalten.«

»Den sind wir erst mal los«, meint Marlene und grinst.

Sie zieht mich zu einer kleinen Bude, an der es Waffeln mit Erdbeeren und Sahne gibt.

»Auf den Schreck brauch ich erst mal was zu futtern«, verkündet sie und stellt sich in die Warteschlange.

Während Marlene eine Waffel nach der anderen mampft, erkläre ich ihr, wie es zu dem Unglück kommen konnte. Marlene hört mit vollen Backen zu und schüttelt immer wieder den Kopf. Eine Weile beobachten wir Dine aus sicherer Entfernung und stellen erleichtert fest, dass das riesige Objektiv seiner Kamera zumindest die abscheuliche Brille verdeckt.

»Die anderen denken bestimmt, dass Dine der neue Schulfotograf ist«, meint Marlene und zupft einen Rest Grün von einer Erdbeere.

»Guck mal, wie Katharina vor ihm posiert!«, kichere ich. Vielleicht habe ich Glück und es merkt niemand, dass Dine zu mir gehört. In diesem Moment kommen Mona und Susi aus meiner Klasse auf uns zu.

»Hey Emma«, fragt Mona. »Wo steckt denn dein schwedischer Besuch?«

Ich will gerade den Mund öffnen und die Wahrheit beichten, als Marlene mir ihr letztes Waffelstück zwischen die Lippen schiebt.

»Probier mal!«, sagt sie und zwinkert mir zu. »Echt lecker, oder?«

Ich kaue mit vollen Backen und werfe Mona einen hilflosen Blick zu. So à la »Kann grad unter keinen Umständen antworten«.

»Na dann bis später!«, meint Susi ungeduldig und zieht Mona mit sich zur Bühne, wo sich die Schulband nach einer Pause gerade wieder ihre Instrumente greift.

Noch zweimal werde ich an diesem Abend auf meine schwedische Gastschwester angesprochen. Und jedes Mal kann ich mich erfolgreich um eine Antwort drücken. Einmal kippt Marlene mit voller Absicht ihre Limoflasche um. Und einmal kommen im richtigen Moment zwei Mädchen mit Losen vorbei. Marlene und ich greifen mit beiden Händen zu. Mit der richtigen Nummer kann man einen Ausflug für zwei ins Spaßbad gewinnen!

»Bestimmt kriegen wir die Eintrittskarten!«, meint Marlene und schiebt die Lose in ihre Rocktasche.

»Nur leider fliegst du morgen weg«, grummle ich.

»Ach, davon lassen wir uns jetzt nicht die Laune verderben«, versucht Marlene mich aufzumuntern. »Dafür läuft der Abend doch super!«

Und sie hat recht. Dine ist noch kein einziges Mal neben mir aufgetaucht und niemand ahnt, dass der komische Fotograf die angekündigte Gastschwester aus Schweden ist.

»Komm, wir tanzen!«, schlägt Marlene vor und läuft Richtung Tanzfläche. Bereitwillig komme ich mit ihr. Unsere Schulband besteht aus vier Mädels aus der Kollegstufe, die es echt draufhaben. Übermütig tanzen wir eine Nummer nach der anderen durch, albern herum und machen lustige Figuren.

Als die Direktorin Frau Heine auf der Bühne erscheint und die Musik plötzlich verstummt, sind Marlene und ich schon ganz außer Atem.

»Nicht schon wieder eine Rede«, seufze ich und wische mir mit meinem bunten Schal ein paar kleine Schweißperlen von der Stirn. Zum Glück fasst sich Frau Heine kurz. Sie dankt uns für die tolle Mitarbeit in diesem Schuljahr (also Marlene und mich kann sie da nicht meinen …) und wünscht uns erholsame Ferien. Dann übergibt sie das Wort an zwei Schülerinnen aus der Kollegstufe, die das weitere Abendprogramm moderieren.

Ein paar Mädels aus der Parallelklasse haben eine Bauchtanzeinlage vorbereitet, die so peinlich ist, dass Marlene und ich allein vom Zuschauen so rot wie Ampelmännchen werden. Als die Nummer endlich vorbei ist, klatschen wir vor allem aus Erleichterung.

Als Nächstes studiert die Abiklasse mit ein paar Lehrern eine Choreographie zu irgendeinem Uralt-Hit von Britney Spears ein. Das ist ganz lustig, weil sich hier ausnahmsweise mal die Lehrer blamieren.

Und am Schluss findet endlich die große Tombola statt.

Eine der beiden Moderatorinnen greift in einen großen Eimer, zieht ein Los heraus und verkündet mit lauter Stimme:

»Einen Ausflug ins Spaßbad für zwei gewinnt das Los mit der Nummer …« sie legt eine kurze Kunstpause ein, in der ein rasanter Trommelwirbel vom Band ertönt. Dann fährt sie fort: »eins … sechs … zwei!«

Aufgeregt zücken Marlene und ich unsere Lose, rollen eines nach dem anderen auf – und machen lange Gesichter.

Die Nummer 162 ist nicht dabei. Wir wollen uns schon abwenden und nach der wilden Tanzerei erst mal mit zwei Bratwurstsemmeln stärken, als ich eine schmale Gestalt auf die Bühne wackeln sehe.

Eine schmale Gestalt mit einer breiten Hornbrille.

Dine hält das Los mit der Nummer 162 in den Händen.

»Einen Applaus für den Jungen mit der Losnummer 162!«, brüllt das Mädchen von der Bühne. Ich stehe da wie vom Donner gerührt.

»Wer bist *du* denn?«, fragt das Mädchen mit einer Mischung aus Neugierde und Verwunderung in der Stimme. Sie klingt wie eine Biologin, die eine noch nie gesehene Tierart vor Augen hat. Tatsächlich erinnert mich Dine in diesem

Moment an eine Mischung aus Brillenschlange, Cockerspaniel und Schabrackentapir.

Ich will gar nicht hören, was er antwortet. Am liebsten würde ich mir zwei Bratwürste links und rechts in die Ohren stopfen und auf ewig dort stecken lassen.

»Ich bin Dine. Die Gastschwester von Emma Jakob«, sagt Dine jetzt.

Die ganze Schule bricht in schallendes Gelächter aus.

Na bravo. Jetzt hat er es doch noch geschafft, uns beide vollends zu blamieren.

»Du meinst Gast*bruder*«, verbessert ihn das Mädchen schmunzelnd.

»Oh, Entschuldigung. Mein Deutsch ist nicht so gut«, erklärt Dine. Das schwere Brillengestell ist ein kleines Stückchen auf seiner Nase heruntergerutscht. Mit einer linkischen Bewegung schiebt er es wieder hoch.

»Und wen nimmst du mit ins Spaßbad?«, fragt das Mädchen weiter.

Ich höre nicht mehr, was Dine antwortet, weil Marlene mich an der Hand packt und hinter sich her aus der Menge zieht. Aber ich kann mir natürlich denken, wen Dine mit ins Spaßbad nehmen will. Und es ist bestimmt nicht mein Vater. Und vermutlich auch nicht die Schuldirektorin.

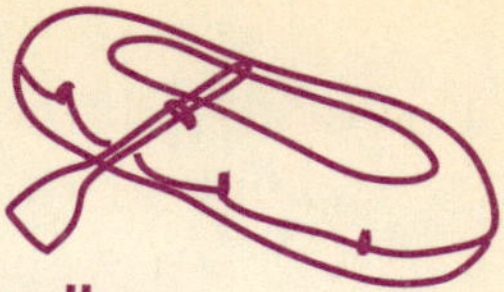

Ein Unglück kommt selten allein

Marlene und ich sitzen noch eine Weile bei den Fahrradständern vor der Schule und reden. Ich kann ja nicht einfach ohne Dine nach Hause gehen. Dann würde mein Papa wahrscheinlich vollends den Glauben in mich verlieren.

»Wie soll ich die Zeit mit diesem peinlichen Typen nur rumbringen?«, jammere ich und lehne meine Stirn gegen den nächstbesten Fahrradsattel.

»Planschend im Spaßbad!«, kichert Marlene. »Aber zur Visagistin würde ich nicht mit ihm gehen. Und in einen Liebesfilm auch nicht.«

»Danke, dass du mich darauf hinweist«, gebe ich genervt zurück.

»Wie wär's, wenn du dir einen Ferienjob suchst?«, schlägt Marlene vor.

Ferienjob? Klingt gar nicht so verkehrt. Meine Eltern haben mich schon oft gefragt, ob ich mir nicht eine kleine Aufgabe neben der Schule suchen will. Zeitungen austragen, Hunde ausführen, Eis verkaufen. Damit ich ein paar Erfahrungen im harten Berufsalltag sammeln kann. Eigentlich können sie gar nichts dagegen haben, wenn ich mich jetzt irgendwo bewerbe. Und ein bisschen Geld würde ich auch verdienen. Für neue Klamotten zum Beispiel. Außer meinem Kirsch-Bikini hab ich mir schon eine kleine Ewigkeit nichts Neues mehr gekauft.

»Und wo soll ich mich vorstellen?«, frage ich Marlene ohne große Hoffnung, dass sie gleich einen tollen Tipp parat hat.

Aber Marlene verkündet wie aus der Pistole geschossen: »Ich hab da neulich einen Aushang gesehen. Im Schaufenster vom Sportgeschäft in der Hartmannstraße. Die suchen Schülerinnen und Schüler zur Aushilfe.«

Aushilfe im Sportgeschäft. Warum eigentlich nicht? Das ist auf alle Fälle cooler, als Unmengen von Postwurfsendungen auf dem wackligen Gepäckträger meines alten Fahrrades zu balancieren. Und besser, als mich mit Dine zu blamieren, ist es sowieso.

In diesem Moment kommen ein paar Mädchen aus dem Jahrgang über uns vorbei. Als sie mich sehen, fangen sie an zu gackern wie ein Haufen durchgeknallter Hühner.

»Das ist doch Emma Jakob«, stellt eine von den Mädels fest. »Herzlichen Glückwunsch zum großen Hauptgewinn!«

»Und viel Spaß mit deinem Süßen im Schwimmbad«, lacht eine andere.

»Mit *deiner* Süßen!«, fügt eine Dritte prustend hinzu.

Super. Genau so hatte ich mir das vorgestellt.

»Gleich morgen gehe ich ins Sportgeschäft«, sage ich zu Marlene, als die Gruppe abgezogen ist.

»Mit Dine verbringe ich keine Minute mehr freiwillig!«

Wir sitzen noch eine Weile nebeneinander und gucken in den Himmel, der inzwischen ganz schwarz geworden ist.

Bis mein schwedischer Gastbruder endlich durchs Schultor spaziert – die Kamera unterm Arm und die beiden Freikarten fürs Spaßbad in der Hand.

Am nächsten Morgen stehe ich bereits um halb neun fertig angezogen und halbwegs gekämmt an der Wohnungstüre, um mich auf den Weg ins Sportgeschäft zu machen. Und das ist ganz schön früh, wenn man bedenkt, dass heute mein erster Ferientag ist und man an ersten Ferientagen eigentlich niemals vor zehn Uhr das Bett verlassen sollte. Aber ich will unter allen Umständen verhindern, dass mir jemand den Job vor der Nase wegschnappt.

Mama und Papa sind schon wieder im Büro und Dine schläft noch. Die Vorstellung, dass er mir jetzt jeden Morgen im Schlafanzug und mit ungeputzten Zähnen begegnen wird, ist mehr als gruselig.

Wenigstens heute bleibt mir der Anblick erspart.

»Sei nett zu Dine!«, hat Papa gestern vor dem Zubettgehen zu mir gesagt. Ich werde auf dem Rückweg von meinem Bewerbungsgespräch ein paar Nusshörnchen für ihn besorgen. Ich finde, das ist schon mehr als nett.

Kurz nach neun stehe ich vor dem Sportgeschäft. Und werde bitter enttäuscht. Der Laden macht erst um halb zehn auf. Dann gehe ich eben zuerst Brötchen holen, beschließe ich.

In der Schlange vor der Bäckerei Fritz steht Katharina aus meiner Klasse. Ich erkenne ihren wohlgeformten Hinterkopf schon von Weitem.

Katharina ist unsere Klassenschönheit. Sie würde sogar

nach einem Orkan mit Windstärke zwölf aussehen wie frisch aus dem Ei gepellt. An Katharina ist einfach alles perfekt. Ihre Fußnägel glänzen selbst in unlackiertem Zustand mehr als meine Haare nach einer 15-minütigen Rosenölkur. Und vermutlich strahlt sogar Katharinas rechte Niere mehr Grazie aus als alle meine Körperteile zusammen genommen.

Ehrlich gesagt bin ich nicht besonders scharf darauf, Katharina zu begegnen. So viel Schönheit auf einem Fleck ist mir irgendwie unheimlich. Außerdem hat sie bestimmt gleich irgendeinen lustigen Kommentar über meinen Gastbruder auf Lager. Katharina ist nämlich nicht nur ausgesprochen schön, sondern auch ausgesprochen zickig. Und auf nüchternen Magen vertrage ich das ungefähr so gut wie rostige Nägel mit Ketchup.

Damit sie mich nicht sieht, mache ich mich ganz klein und verstecke mich hinter dem Rücken meines Vordermanns.

Aber als Katharina in ihren rosaroten Ballerinas an mir vorbeitänzelt, entdeckt sie mich natürlich trotzdem.

»Oh, hallo Emma!«, begrüßt sie mich und wirft ihr schwarzes, seidiges Haar über die Schulter.

»Hi«, sage ich knapp und versenke meinen Blick in die Auslage mit den Gebäckstücken. Katharina bleibt ungerührt neben mir stehen.

»Wohnt der Junge mit der seltsamen Brille wirklich in den Ferien bei dir?«, fragt sie ohne Umschweife, nachdem wir uns ein paar Sekunden lang angeschwiegen haben.

»Ist ja kein Geheimnis«, gebe ich pampig zurück.

Ich habe wirklich überhaupt keine Lust, mit Katharina über das Dine-Dilemma zu reden.

»Na ja«, sagt Katharina und raschelt mit ihrer Gebäcktüte. »Das ist bestimmt nicht ganz einfach für dich. Du wolltest doch eine Gastschwester, oder? Falls du Lust hast, mal etwas ohne die Brillenschlange zu unternehmen, melde dich bei mir, ja?«

Auf alles war ich gefasst! Nur nicht auf mitfühlende Worte von Katharina! Allerdings ist ihr Angebot bestimmt nicht ganz uneigennützig. Katharina muss in den Ferien nämlich auch zu Hause bleiben. Ihre Eltern renovieren gerade das Haus und das zieht sich länger hin als geplant. Tatsächlich sagt Katharina jetzt: »Ich kann ja nicht den ganzen Tag auf der Baustelle rumhängen.«

Sie lächelt und präsentiert dabei zwei strahlend weiße Zahnreihen. Dann spaziert sie mit schwingenden Hüften aus der Tür. Ich starre ihr noch ein Weilchen mit offenem Mund hinterher. Bis mein Blick ein Mädchen mit einer schauderhaften Zahnlücke und zerzausten Haaren streift, das sich in der Scheibe der Bäckerei spiegelt und ziemlich dämlich aus der Wäsche guckt. Mich.

Punkt halb zehn stehe ich wieder vor dem Sportgeschäft. Ein dicklicher Mann mit senfgelben Haaren steckt von innen den Schlüssel ins Schloss und öffnet direkt vor meiner Nase die Türe. Ein Schild mit der Aufschrift »Schmid. Filialleiter«, baumelt an seinem Revers.

»Morgen«, sagt Herr Schmid und wieselt davon. Offensichtlich gehöre ich nicht zu den Menschen, die nach kaufkräftiger Kundschaft aussehen und deshalb besonders zuvorkommend bedient werden.

Etwas verloren stehe ich im Laden herum und warte darauf, dass mich der Filialleiter beachtet. Doch vorerst steht er hinter der Kasse, guckt in einen dicken Terminkalender und flucht: »Wo steckt denn schon wieder Mick, dieser Bengel? Kein Verlass ist auf den Jungen!«

Außer mir ist niemand im Laden, der ihm antworten könnte.

Also sage ich wahrheitsgemäß: »Ich weiß auch nicht, wo er steckt.« Nur damit der Mann seine Aufmerksamkeit wieder auf mich richtet. Es funktioniert. Der dicke Verkäufer dreht seinen rot gefleckten Kopf in meine Richtung und fragt: »Kennst du Mick?«

Er sieht mich so ärgerlich an, als ob völlig klar sei, dass ich mit diesem unzuverlässigen Mistkerl namens Mick unter einer Decke stecken muss.

»Nein, nein!«, wehre ich ab. Den Beginn meines allerersten Vorstellungsgesprächs hatte ich mir eigentlich anders vorgestellt. Ist doch mal wieder typisch, dass ich sofort Ärger bekomme.

»Und wie kann ich dir dann helfen?«, fragt Herr Schmid ungeduldig und blättert nebenbei weiter in seinem Kalender.

»Ich komme, um mich als Aushilfe zu bewerben«, sage ich und merke, wie meine Stimme anfängt zu zittern. Langsam dämmert mir, was meine Eltern mit »hartem Berufsalltag« meinen. Falls ich diesen Job bekommen sollte, wird das mit so einem Chef kein Kindergeburtstag werden.

»So«, sagt der Mann. Er mustert mich von oben bis unten und fährt sich dabei durch sein senfgelbes Haar. »Und wann kannst du anfangen?«

»Oh … äh … morgen?«, stammle ich und frage mich, ob das schon so etwas wie eine Zusage ist.

»Um viertel nach neun geht es los. Bis zwölf Uhr. An fünf Vormittagen die Woche«, verkündet Herr Schmid prompt. »Und ich hoffe, du bist pünktlicher als dein Kollege Mick!«

»Dann … dann … dann habe ich den Job?«, stottere ich schon wieder. Das Ganze geht mir fast ein bisschen zu schnell.

»So ist es«, grummelt mein zukünftiger Chef, ohne mich anzusehen, und notiert irgendetwas in seinen Unterlagen.

Ich gehe ein paar Schritte Richtung Ausgang – allerdings rückwärts, weil ich mir nicht sicher bin, ob das Gespräch wirklich schon zu Ende ist.

Genau in diesem Moment kommt jemand in den Laden. Ich höre gerade noch, wie die Tür aufgeht, und will mich schnell umdrehen. Doch der Kunde hat es so eilig, dass wir direkt ineinanderlaufen und aneinandergeklammert zu Boden gehen. Der Inhalt meiner Brötchentüte purzelt kreuz und quer über das Parkett.

»Verdammt!«, rufe ich. »Das kannst du laut sagen!«, sagt der Junge, mit dem ich zusammengestoßen bin. Wir versuchen, unsere miteinander verhedderten Körperteile wieder auseinanderzuklamüsern, als sich unsere Blicke treffen. »Verdammt!«, sage ich zum zweiten Mal, diesmal aber etwas leiser. Diese blauen Augen kenne ich doch. Das ist doch … tatsächlich! Das ist der Typ mit den verstrubbelten Haaren, den ich bei Karstadt aus der Umkleidekabine gezogen habe! »Hallo!«, sagt er überrascht. Ganz so, als ob er sich ziemlich genau an mich erinnern würde. Und es ist – verdammt zum dritten Mal! – bestimmt nichts Gutes, an das er sich da erinnert.

»Hallo«, murmle auch ich und versuche, nicht noch mal in diese schönen, viel zu blauen Augen zu sehen. Auf allen vieren sammle ich die Nusshörnchen auf, die überall um mich herum verstreut liegen.

Jetzt schaltet sich der Filialleiter ein. »Du kennst Mick also doch?«, fragt er mich ärgerlich.

»Mick?«, flüstere ich mit leisem Entsetzen. Eine schreckliche Ahnung breitet sich in mir aus.

»Ich bin Mick«, sagt der Junge, reicht mir seine Hand und zieht mich mit einem breiten Grinsen vom Boden hoch.

»Dein Arbeitskollege ab morgen«, ergänzt Herr Schmid und klappt mit lautem Knall seinen Kalender zu.

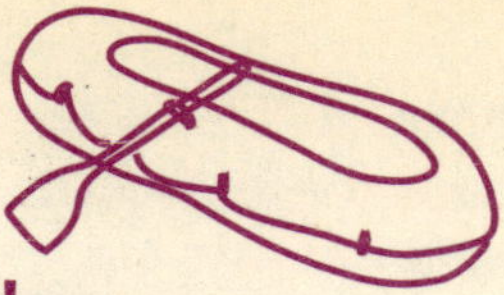

Smaa groderna

Hilfe, ich bin umzingelt! In mein schönes, friedliches Leben ist plötzlich eine ganze Armada schrecklicher Jungs eingebrochen. Na ja, eigentlich sind es nur zwei Jungs. Aber auch das sind eindeutig zwei Jungs zu viel!

Als ich um halb elf nach Hause komme, ist es ganz leise in der Wohnung. Nur unser alter Kühlschrank summt. Wahrscheinlich liegt Dine noch im Bett, vermute ich, und gehe in die Küche. Ich lege die Brötchentüte mit den lädierten Nusshörnchen auf die Ablage neben dem Herd und will mich mit einem Apfel an den Tisch setzen, als ich wie vom Blitz getroffen zusammenzucke.

Auf einem der Stühle sitzt bereits Dine. Mucksmäuschenstill und unbewegt wie ein Monument aus Stein.

»Bin ich jetzt erschrocken!«, fluche ich und lasse mich schwer schnaufend auf einen Stuhl fallen.

»Entschuldigung«, meint Dine. Er guckt ehrlich besorgt.

»Warum sitzt du denn hier und gibst keinen Ton von dir?«, frage ich in einem ziemlich ruppigen Ton und lege den Apfel vor mir auf die Tischplatte. Der Appetit ist mir erst mal vergangen.

»Ich habe auf dich gewartet«, erklärt Dine und fügt mit gesenktem Blick hinzu: »Aber eigentlich dachte ich, du wärst schon weg. Ins Schwimmbad oder so.«

»Ich war auch weg. Aber nur beim Bäcker. Nusshörnchen kaufen«, gebe ich zurück und fange an zu bereuen, dass ich nicht wirklich gleich den ganzen Tag verduftet bin.

»Oh. Jetzt habe ich schon gegessen«, sagt Dine und zeigt auf ein Stück Alufolie, an dem ein paar Krümel hängen. »Ich hatte noch etwas Käsebrot von der Fahrt übrig. Aber wir können ja morgen zusammen frühstücken!«, schlägt Dine vor und klingt dabei so, als wollte er mich trösten.

Morgen zusammen frühstücken? Ein goldiger Vorschlag, wenn man bedenkt, dass wir die nächsten drei Wochen zusammen wohnen werden und normalerweise notgedrungen *jeden* Morgen miteinander frühstücken müssten. Normalerweise! Aber leider, leider wird daraus nichts.

»Ich muss ab morgen vormittags arbeiten. Von Montag bis Freitag«, sage ich und es fällt mir schwer, die Freude darüber in meiner Stimme zu verbergen.

Für einen Moment vergesse ich ganz, dass in meiner neuen Arbeit ja schon der nächste Junge und damit die nächste Katastrophe auf mich wartet.

»Oh, du hast einen Ferienjob?«, fragt Dine interessiert.

»Ja, im Sportgeschäft«, antworte ich.

»Sportgeschäft? Klingt gut«, sagt Dine. Mehr nicht. So richtig traurig scheint er jedenfalls nicht darüber zu sein, dass ich vormittags nicht da bin. Na gut. Dann muss ich wenigstens kein allzu schlechtes Gewissen haben, ihn alleine zu lassen.

Bleibt nur noch die Frage, was ich an den Nachmittagen mit Dine anstellen soll. Und vor allem: Was ich *heute* Nachmittag mit ihm anstellen soll. Etwas ratlos sehe ich aus dem Fenster. Eine Spinne lässt sich an einem langen Faden das Balkongeländer herab. In der Weide hinter unserem Haus piepsen ein paar Spatzen.

Dine zerknüllt die Alufolie, in der sein Brot eingewickelt war. Er drückt sie so lange zusammen, bis nur noch eine kleine Kugel übrig ist. Das Sonnenlicht bricht sich in ihren silbernen Runzeln.

Plötzlich fühle ich mich in meiner eigenen Küche wie eine Fremde. Als das Telefon klingelt, springe ich so hastig auf, dass mein Stuhl beinahe umkippt. Bestimmt ist es Marlene, die sich von mir verabschieden will, denke ich und bin richtig erleichtert, dass der schrille Klingelton unser Schweigen unterbricht.

Doch die tiefe, brummige Stimme auf der anderen Seite der Leitung gehört ganz eindeutig nicht zu Marlene. Am Apparat ist Herr Göransson.

Er möchte wissen, was aus seinem Schützling Dine wird.

»Darf der junge Mann denn nun die Ferien bei dir verbringen?«, fragt er.

Ich presse ein »Ja klar« heraus und fühle mich dabei wie ein minikleiner Vogel, der ein viel zu großes Gewölle herauswürgen muss.

»Wie schön!«, freut sich Herr Göransson. Dann lädt er Dine und mich zu einem Picknick auf der Wiese hinter der gemischten Schule ein.

»Es kommen leider nur noch wenige andere Familien. Die meisten hatten schon etwas vor. Die Einladung ist ja sehr spontan«, erklärt er und fügt mit einem hörbaren

Schmunzeln hinzu: »Aber wenn du mit Dine kommen würdest, wäre mir das eine besondere Freude!«

Ich verdrehe die Augen und ärgere mich, dass Herr Göransson nicht sehen kann, wie genervt ich bin. Aber die Einladung nehme ich dann doch an. Jetzt muss ich wenigstens nicht mehr darüber nachdenken, wie ich den Nachmittag mit Dine rumkriege.

Dine ist richtig begeistert. »Ein Picknick?«, fragt er mich und seine Augen funkeln, als hätte ich zwei Karten für ein längst ausverkauftes Popkonzert ergattert. »Sollen wir etwas zu essen mitbringen?«

»Herr Göransson meinte, eine Kleinigkeit wäre ganz gut«, antworte ich und schlage gähnend vor, auf dem Weg zur Wiese 'ne Tüte Chips zu besorgen.

Dine sieht mich so an, als würde ich einer Dreijährigen den Lutscher wegnehmen wollen.

»Chips?«, wiederholt er. »Wir könnten doch auch einen schwedischen Kartoffel-Lachs-Salat mit Dill und Apfel machen.«

Ich bin zu perplex, um zu widersprechen. Die Jungs, die ich kenne (zum Glück sind das nicht viele) ernähren sich hauptsächlich von Salzstangen und Bifi. Neulich haben wir Marlenes Bruder sogar dabei ertappt, wie er rohe Spaghetti direkt aus der Packung geknabbert hat.

»Ooookaaay«, sage ich lang gezogen und werfe dabei einen Blick auf die Uhr. Bis zum Picknick um halb drei liegt sowieso noch eine gefühlte Ewigkeit vor uns. Dann machen wir in der Zeit eben schwedischen Dings-Salat mit Dill und was war's noch?

Wir gehen auf den Markt, um die Zutaten für den Salat zu besorgen. Dine hat sich kurzerhand Mamas geflochtenen Einkaufskorb über den Arm gehängt. Damit sieht er aus wie ein Kräuterweiblein. Nur die gelben U-Boote an seinen Füßen passen nicht dazu.

Ich schnappe mir Mamas große Sonnenbrille und tipple als Fliege Puck hinter Dine her. Inkognito sozusagen.

Aber auf dem Markt ist sowieso niemand, der mich erkennen könnte. Schließlich sind ja Ferien und jeder halbwegs vernünftige Mensch ist Richtung Meer abgedüst.

Wir kaufen Kartoffeln, Dill und Äpfel und gehen anschließend noch in den Supermarkt, um Räucherlachs, Miracle Whip und Gewürzgurken zu besorgen. Dine besteht darauf, die Sachen alleine zu bezahlen. Er weiß auswendig, was wir alles brauchen. Ich selber kann nicht mal Pfannkuchen backen, ohne in ein Kochbuch zu schauen. Brote schmieren. Das geht ganz gut.

Als Dine zu kochen anfängt, bin ich erst recht sprachlos. Ich sitze mit angezogenen Knien auf meinem Stuhl, während Dine in einem Affenzahn die gekochten Kartoffeln schält und klein schnibbelt.

»Ich muss für meine kleine Schwester immer Bratkartoffeln machen«, erklärt er dabei. Ein Stückchen Kartoffelschale klebt an seinem Brillenbügel. Hoffentlich bemerkt er es, bevor wir zum Picknick gehen.

Zusammen schneiden wir Äpfel und Gurken klein. Im Radio läuft Madonna und Dine summt mit. Kochen kann er besser als singen. Als Dine das Dressing über den fertigen

Salat kippt, müssen wir beide lachen. Ich habe eindeutig zu viel Brühe gekocht.

»Das ist jetzt eine Kartoffel-Lachs-Suppe«, kichert Dine. »Auch nicht schlecht.«

Ich koste mit einem Löffel. »Wirklich nicht schlecht«, gebe ich zu und zupfe das Stück Kartoffelschale von Dines Brillenbügel.

Als wir zur Wiese hinter der Schule kommen, sitzen bereits die ersten Gäste in der Sonne. Dine wird von ein paar schwedischen Mädchen begrüßt. Mit seiner Brille und den seltsamen Klamotten sieht er mal wieder so aus, als wäre er geradewegs aus dem Kuriositäten-Kabinett ausgebrochen, aber seine weiblichen Bekannten aus Schweden scheint das nicht weiter zu stören. Wahrscheinlich sind sie sein schräges Outfit schon gewöhnt. Die blonde Britta, die ich so gerne als Gastschwester gehabt hätte, plaudert sogar erst mal richtig lange und vergnügt auf Schwedisch mit ihm.

Von den Jungs, die mit nach Deutschland gefahren sind, sind außer Dine keine gekommen.

Auf einer Bierbank, über die eine weiße Tischdecke gebreitet ist, stehen ein Marmorkuchen, eine Schale mit roter Grütze und eine Platte mit Fleischbällchen. »Hmmm, Köttbullar!«, sagt Dine und stellt unsere Kartoffelsuppe neben den Hackbällchen ab, die lecker nach Zwiebeln und Petersilie riechen. Köttbullar kenne ich von der letzten Seite im Ikea-Katalog. Dine spricht das »K« wie »Sch« aus. Anscheinend ist das die richtige schwedische Aussprache.

Herr Göransson sitzt mit irgendeiner Frau auf einer großen, karierten Decke. Als ich näher komme, erkenne ich, dass es die Dame vom Amt ist, bei der Marlene und ich den Fragebogen abgeholt haben.

Göransson streicht sich zufrieden über seinen Vollbart, als er uns sieht. Dann winkt er uns zu sich heran.

»Schön, dass ihr gekommen seid!«, sagt er und grinst, dass die Krähenfüße rund um seine Augen anfangen zu tanzen.

Er zeigt auf die Frau aus der Verwaltung und meint: »Frau Kraus war so nett, mir bei den Vorbereitungen zu helfen. Setzt euch doch zu uns.«

Darauf bin ich nicht besonders wild, aber es wäre ziemlich unhöflich, das Angebot abzulehnen. Außerdem ist es immer noch besser, als mit Dine alleine auf einer Decke zu hocken.

Göransson quetscht Dine und mich aus. Ob wir uns gut verstehen, ob wir in den Ferien viel vorhaben und ob meine Eltern auch damit einverstanden sind, dass Dine bei uns wohnt. Ich antworte immer ziemlich einsilbig mit »Ja« und »Mhm«.

Dine erzählt von den Eintrittskarten fürs Spaßbad, die er für uns gewonnen hat. Und dass ich ihm so toll geholfen habe, den schwedischen Salat zuzubereiten. Er tut so, als wäre zwischen uns alles eitel Sonnenschein.

Göransson stimmt das sichtlich heiter. Er stopft sich drei Fleischbällchen auf einmal zwischen die Lippen, die irgendwo unter seinem wilden braunen Bart versteckt liegen, leckt sich die fettigen Finger ab und fragt mit vollem Mund, ob wir zur Feier des Tages nicht ein schwedisches Lied singen wollen. Ohne auf eine Antwort zu warten, stimmt er selbst eine Melodie an: »Små grodorna, små grodorna är lustiga att se! Kowakakak, kowakakak!«, trällert er und nach der dritten Wiederholung stimmen alle, Schweden und Deutsche, mit ein.

Ich fühle mich wie im Kindergarten, aber irgendwie ist es trotzdem ganz nett. Das Lied, was auch immer der Text bedeuten mag, passt zu der Wiese, auf der wir sitzen, zu den Pusteblumen um uns herum und zu den kleinen schillernden Käfern, die über die grün-rot karierte Decke krabbeln.

Aber insgeheim bin ich natürlich total froh, dass mich keine von den Mädels aus meiner Klasse hier neben Dine sitzen und singen sieht. Immerhin habe ich einen Ruf zu verlieren!

»Jetzt brauche ich dringend ein Stück Marmorkuchen«, meint Göransson, als wir das Lied ungefähr siebenmal gesungen haben und mir schon die Ohren klingen. Dine begleitet ihn zum Buffet. Auf einmal sitze ich mit Frau Kraus alleine auf der Decke. Nach einer Weile betretenen Schweigens fragt sie mich, ob ich nicht das Mädchen bin, das in seiner Freizeit eisklettert und tiefseetaucht. Die Frage trifft mich wie ein Stromstoß. An das Anmeldeformular habe ich gar nicht mehr gedacht!

»Äh … doch … ja«, stottere ich und hoffe, dass sie nicht weiter nachbohrt. Doch als Dine und Göransson mit den Tellern voll Marmorkuchen zurückkommen, verkündet Frau Kraus mit lauter Stimme: »Wisst ihr eigentlich, was

Emma für spannende Hobbys hat? Tiefseetauchen und Eisklettern!«

»Ja, aber nur im Urlaub. Und natürlich nicht hier in Deutschland«, versuche ich das Thema zu beenden. Leider zu spät. Dine ist bereits hellhörig geworden.

»Wirklich?« Er zieht erstaunt seine buschigen Augenbrauen nach oben. »Ich klettere auch!«

Na bravo. Da habe ich mir ja ein dickes Ei gelegt. Wahrscheinlich ist das die zweite vermeintliche Gemeinsamkeit, die Dine und mich zusammengeführt hat.

»Toll«, sage ich tonlos und will aufstehen, um mir ebenfalls ein Stück Kuchen zu holen. Oder besser gesagt: Um vor den Fragen zu flüchten, die jetzt bestimmt kommen werden.

Aber Göransson hält mich zurück.

»Mensch, da könnt ihr ja zusammen klettern gehen!«, sagt er und ist ganz begeistert, dass sich die Sache mit Dine und mir scheinbar so gut entwickelt.

»Super Idee!«, sage ich und ringe mir mühsam ein Lächeln ab. »Aber hier ist leider weit und breit kein Berg.« Mit gespieltem Bedauern hebe ich die Schultern.

»Dafür gibt es doch überall Übungskletterwände«, schaltet sich jetzt Frau Kraus ein. »Meine Nachbarin geht immer ganz in der Nähe klettern. In Siegsdorf. Da kommt man von hier sogar mit dem Fahrrad hin.«

Am liebsten würde ich ihr den ganzen Marmorkuchen samt Teller in den Mund schieben, damit sie endlich die Klappe hält.

Aber jetzt ist es sowieso zu spät. Übungskletterwände!

Um Himmels Willen! Daran habe ich ja überhaupt nicht gedacht. Und Siegsdorf ist wirklich nur einen Katzensprung entfernt.

»Von mir aus können wir gerne klettern gehen!«, meint Dine und sieht mich erwartungsvoll an.

O nein, denke ich und schließe die Augen. Da habe ich mir ja ein feines Süppchen eingebrockt.

Ich befürchte schwer, dass es nicht annähernd so lecker schmecken wird wie Dines und meine schwedische Kartoffelsuppe.

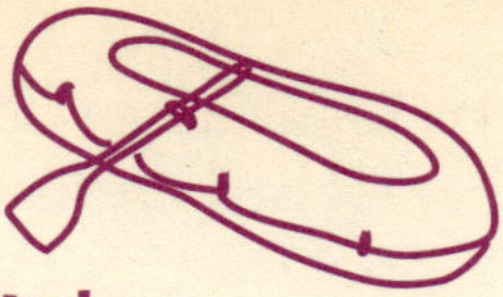

Mick

Als ich am Abend nach Hause komme, blinkt der Anrufbeantworter wie wild. Marlene hat viermal vergeblich versucht, mich zu erreichen und sich von mir zu verabschieden. Es wird wirklich Zeit, dass ich mir ein Handy zulege.

»Also dann tschüss, Schnecke. Halt die Ohren steif, du kriegst das schon hin«, tönt es bei Marlenes viertem Versuch vom Band.

Mein Hals fühlt sich ganz eng an, als ich ihre Stimme höre – zum letzten Mal für vier lange Wochen! Ob Marlene auch so zuversichtlich geklungen hätte, wenn sie wüsste, was alles passiert ist? Dass ich demnächst neben einem schwedischen Waldschrat in einer Steilwand hängen werde? Und dass ich ab morgen mit einem Typen zusammenarbeiten muss, vor dem ich mich schon einmal bis auf die Knochen blamiert habe? Wenn ich den Zusammenstoß im Sportgeschäft dazurechne, sogar schon zweimal!

Den ganzen Abend fühle ich mich richtig elend. Dass mich mein Papa nach dem Abendessen lobt, weil ich mich den Tag über so gut um Dine gekümmert habe, ist auch kein Trost.

Als Dine zum Zähneputzen im Bad ist, schnappe ich mir das Telefon und verschwinde damit in meinem Zimmer. Ich suche die Klassenliste mit den Adressen und Telefonnummern aller meiner Mitschülerinnen heraus und wähle Katharinas Nummer.

»Pickler«, meldet sich Katharina nach dem dritten Läuten. Ich muss immer grinsen, wenn ich ihren Nachnamen höre. Irgendwie finde ich es gut, dass sie nicht auch noch »Schöne« oder »Blumenthal« mit Nachnamen heißt.

Ich frage Katharina, ob sie Lust hat, mit mir morgen zum Baggersee zu gehen.

»Klar«, meint sie wie aus der Pistole geschossen. »Wann wollen wir uns treffen?«

Ein bisschen stolz erzähle ich, dass ich jetzt vormittags immer im Sportgeschäft jobbe. Katharina schlägt vor, mich morgen Mittag um zwölf direkt von der Arbeit abzuholen. Die Idee gefällt mir. Auf einmal komme ich mir richtig erwachsen vor. Viel erwachsener als Katharina, die sich den ganzen Tag die Nägel feilt, während ich schon im harten Berufsalltag stehe.

Business-Lady Emma!

Morgen werde ich Dine also nicht vor dem späten Nachmittag begegnen. Dann ist es natürlich viel zu spät, um noch klettern zu gehen. Die Frage ist nur, wie lange ich es durchhalte, Dine aus dem Weg zu gehen. Zwei Tage? Drei Tage? Ich seufze und das Seufzen geht nahtlos in ein Gähnen über. Im Moment bin ich viel zu müde, mir noch länger Gedanken zu machen. Ich ziehe mein geringeltes XXL-Schlaf-T-Shirt an, schüttle mein Kopfkissen auf und knipse das Licht aus. Als ich im Bett liege, höre ich noch, wie Dine langsam über den Flur in Papas Arbeitszimmer schlappt. Dann bin ich auch schon eingeschlafen.

Am nächsten Morgen quäle ich mich um halb acht aus dem Bett und schleppe mich ins Badezimmer. Meine Eltern stehen schon in der Haustür.

»Tschüss, Emma. Schönen Tag mit Dine!«, verabschiedet sich Papa. Mama zwinkert mir aufmunternd zu.

Ich habe ihnen die Sache mit dem Job noch gar nicht gebeichtet. Marlene vertritt die Theorie, dass es für alles einen richtigen Zeitpunkt gibt. Und der richtige Zeitpunkt, Mama und Papa über meine neue Vormittagsbeschäftigung zu informieren, ist einfach noch nicht da gewesen.

Ich steige erst mal unter die Dusche und lasse jede Menge heißes Wasser über meinen müden Körper laufen.

Als Nächstes starte ich ein ausgiebiges Schönheitsprogramm. Ich föhne mir meine Haare mit der Rundbürste glatt, damit sie nicht ganz so fransig wirken, creme mich von Kopf bis Fuß mit der Rosenblüten-Bodylotion ein, die mir Tante Lise letztes Jahr zu Weihnachten geschenkt hat und die seitdem unbenützt im Regal steht, und tusche mir die Wimpern mit der wasserfesten Wimperntusche, die ich eigentlich für den Schwedenurlaub gekauft habe. Dann ziehe ich mein Lieblings-T-Shirt an. Ein knallgelbes Tanktop, auf das ich mit bunten Strass-Steinen einen großen Stern geklebt habe. Zum Schluss sprühe ich mir noch Mamas Parfum hinter die Ohren, in die Armbeugen und auf die Handgelenke. Chanel Nummer 5. Angeblich schweineteuer. Sagt jedenfalls Papa immer, der ihr regelmäßig zum Geburtstag eine neue Flasche hinstellt.

Als ich fertig bin, fehlen bestimmt drei Millimeter im Flakon. Ich rede mir ein, dass ich die drei Millimeter für die vielen Kunden geopfert habe, die ich heute bedienen muss. Aber insgeheim weiß ich, dass ich diese kleine Duftorgie vor allem für meinen neuen Arbeitskollegen Mick veranstaltet habe.

Wenn er mich schon für einen tollpatschigen Trottel hält, dann wenigstens für einen, der gut riecht.

Bevor ich mich auf den Weg ins Sportgeschäft mache, schreibe ich Dine noch einen Zettel und lege ihn auf den Küchentisch.

Komme heute erst am späten Nachmittag. Muss eine Freundin mit Liebeskummer trösten. Nimm Dir zu essen, was Du willst.
Bis dann, Emma

Eine bessere Ausrede ist mir nicht eingefallen. Ich habe zwar keine Erfahrung mit Liebeskummer, aber Mama hat mal gesagt, Liebeskummer und Verbrennungen sind das Schlimmste auf der Welt. Verbrannt hab ich mich schon mal. Letztes Jahr bin ich mit dem Arm auf meiner kleinen Leselampe eingeschlafen. Es war wirklich furchtbar. Wenn Liebeskummer genauso schrecklich ist, muss jeder Mensch verstehen, dass ich den Nachmittag mit Dine sausen lassen muss. Alles andere wäre glatt unterlassene Hilfeleistung.

Zehn Minuten nach neun und damit fünf Minuten zu früh stehe ich vor dem Sportgeschäft. Von Herrn Schmid ist noch keine Spur zu sehen. Ich setze mich auf den großen Blumentopf aus Beton, der neben dem Eingang steht. Die eingesetzten Primeln welken in der Sonne vor sich hin. Eine Ameisenstraße windet sich die Betonwand nach oben und verschwindet zwischen den Blumen. Eines der kleinen Insekten verirrt sich auf mein nacktes Knie. Es bleibt kurz stehen, als ob es sich wundert, wo es hier gelandet ist, und tritt dann hektisch den Rückzug an. Mir ist im Moment auch eher nach Fliehen zumute. Ich könnte einfach aufstehen und mich aus dem Staub machen. Der Filialleiter hat gestern ja nicht mal nach meinem Namen gefragt. Er weiß weder meine Adresse, noch meine Telefonnummer. Gerade als ich ernsthaft erwäge, einfach wieder nach Hause zu gehen, höre ich das Klimpern eines schweren Schlüsselbunds.

»Da ist ja unser Neuzugang!«, trompetet Herr Schmid und öffnet die Tür zum Sportgeschäft. Jetzt gibt es kein Zurück mehr. Ich versuche ein Lächeln, strecke ihm die Hand entgegen und sage: »Ich heiße übrigens Emma Jakob.« Herr Schmid sieht auf meine Hand, als wäre sie ein Stück verschimmeltes Brot.

»Schon gut«, meint er. »Dann wollen wir mal loslegen.«

Für meine Kunden hätte ich die Unmenge Chanel Nummer 5 nicht versprühen müssen. So viel steht fest. Kunden habe ich an diesem Vormittag nämlich keinen einzigen.

Als Erstes muss ich in der kleinen Küche neben dem Lager Kaffee für Herrn Schmid kochen. Richtig altmodischen

Filterkaffee. Meine Mama trinkt immer Espresso. Sie macht ihn in einem kleinen silbernen Alukännchen, das wir mal in Südtirol gekauft haben. Man stellt es auf den Herd und irgendwann blubbert es, und wenn man nicht aufpasst und zu lange wartet, ist die ganze Herdplatte voll mit einer schwarzen, klumpigen Masse, die aussieht wie Teer.

Und Papa trinkt nur grünen Tee, weil der so gesund ist.

Ich habe also nicht die geringste Ahnung, wie man eine elektrische Kaffeemaschine bedient. Aber Herrn Schmid zu fragen kommt nicht in die Tüte. Wahrscheinlich wäre das schon der erste Kündigungsgrund. Hilflos stehe ich vor dem Gerät und frage mich, wo nun wie viel von was hineinsoll. So muss sich Mama fühlen, wenn sie vor meinem Computer sitzt. Ich nehme mir fest vor, mich das nächste Mal nicht über sie lustig zu machen.

Irgendwann schaffe ich es, die kleine Tür zu öffnen und den Filter in die richtige Öffnung zu basteln. Typen wie Schmid mögen ihren Kaffee bestimmt extrastark, überlege ich und häufe jede Menge Kaffeepulver in die braune Papiertüte. Jetzt noch Wasser dazu und den Startknopf gedrückt – und schon fängt die Maschine an zu zischen und zu blubbern wie ein kleiner Drache. Zufrieden reibe ich die Handflächen aneinander und betrachte mein Werk.

Draußen im Laden gebärdet sich Herr Schmid unterdessen wie ein ziemlich großer Drache.

»Wo steckt nur schon wieder Mick!«, brüllt er.

»Kein Verlass ist auf den Jungen …«, murmle ich und muss grinsen, weil Schmid wie erwartet genau zur gleichen Zeit genau das Gleiche sagt.

Doch das Grinsen vergeht mir in der nächsten Sekunde. Schmid kommt mit schweren Schritten zu mir in die Küche gepoltert, reißt eine Schranktür so ruckartig auf, dass sie mir fast an den Kopf knallt, holt einen grünen Becher mit der Aufschrift »Ohne Kaffee läuft hier gar nichts!« heraus und stellt ihn vor mich auf die Tischplatte.

»Vollmachen!«, kommandiert er und verschwindet wieder im Laden.

Als ich mit der Tasse Kaffee in den Laden komme, sitzt Schmid hinter der Kasse und starrt Richtung Tür. Er nimmt den Becher wortlos entgegen und trinkt daraus, ohne mich eines Blickes zu würdigen.

Dann geht alles ganz schnell.

Mick stürmt zur Tür herein und in derselben Sekunde spuckt Schmid einen riesigen Schwall Kaffee vor sich auf den Verkaufstresen. Sein Kalender bekommt ein paar hässliche dunkle Flecken ab.

»Der Chef spuckt schwarze Galle!«, lacht Mick.

»Klappe halten und Wasser holen!«, brüllt Schmid.

»Sofort«, flüstere ich und verschwinde schleunigst wieder in der Küche.

Später erklärt mir Mick, wie man die Kaffeemaschine richtig bedient. Er lacht sich krumm und scheckig, weil ich das Wasser nicht in den dafür vorgesehenen Behälter, sondern direkt in den Filter gegossen habe. Ich stehe neben ihm und versuche, über mich selbst zu grinsen. Tatsächlich fühle ich mich aber dümmer als der allerdümmste Trottel. Bestimmt hab ich eine knallrote Rübe. Mein Gesicht fühlt sich so heiß an, dass man mit Mamas Alukännchen im Handumdrehen einen prima Espresso darauf kochen könnte.

Mick riecht ganz leicht nach Aftershave. Seine Augen sind noch blauer, als ich es in Erinnerung hatte, und beim Lachen graben sich tiefe Grübchen in seine Wangen. Er sieht einfach fantastisch aus.

Ich nehme mir fest vor, mich davon nicht beeindrucken zu lassen. Aber das Blut rauscht in meinen Ohren und mein Hals ist so trocken, als hätte ich mit 'nem Fön reingepustet.

Den ganzen restlichen Vormittag verbringe ich im Lager. Ich soll überprüfen, ob alle Schuhe in den passenden Kartons sind. Genau die richtige Aufgabe für jemanden, der sogar zum Kaffeekochen zu doof ist.

Hin und wieder kommt Mick rein, um irgendwas zu holen. Ich drehe dann immer schnell den Kopf weg, damit er nicht sieht, wenn ich wieder rot werde.

Einmal fahre ich ihn sogar an, weil er gegen einen Stapel Kartons stößt, den ich gerade durchgesehen habe.

»Pass doch auf!«, stöhne ich – als ob mir selbst so was nicht hundertmal am Tag passieren würde!

Die Zeit schleppt sich dahin und ich habe das Gefühl, mein ganzes Leben in diesem fensterlosen Raum verbringen zu müssen. Bestimmt träume ich heute Nacht von Schuhgrößen und Modellnamen. Puma V-Kontrukt II Trainer, adidas a3 Nenglo, Nike Shox NZ Premium. Wer sich den ganzen Quatsch wohl ausdenkt? Ob die wohl alle Kaffee kochen können?

Als es endlich kurz vor zwölf ist, kommt Schmid ins Lager. Er geht durch die Reihen mit den Kartons und nickt. Dann schnuppert er plötzlich in die Luft wie ein Hamster und fragt: »Chanel Nummer 5?« Zum ersten Mal an diesem Tag sieht er halbwegs gut gelaunt aus. Ich nicke matt.

»Mmmmmhhh«, macht Schmid und schließt genüsslich seine kleinen, wässrig blauen Augen. »Hat meine Mutter auch immer genommen!«

Seine Mutter? Na super, danke! Das ist genau das Kompliment, das ich nach so einem Vormittag noch gebraucht habe.

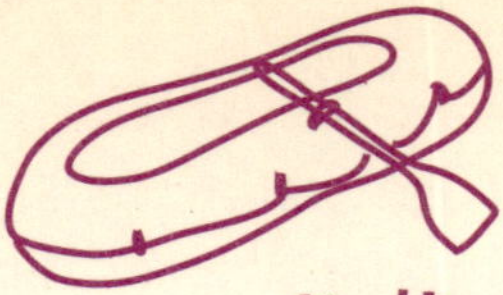

Katharina

Punkt zwölf Uhr erscheint Katharina vor dem Sportgeschäft. Sie hat ein grünes Batiktuch wie ein Stirnband in die Haare gebunden und im Nacken zusammengeknotet. Sieht toll aus. Ich käme wahrscheinlich wie der letzte Hippie damit rüber, aber bei Katharina würde es vermutlich sogar cool aussehen, wenn sie sich eine ganze Rolle Klopapier um den Kopf wickeln würde. Über der Schulter trägt sie eine Tasche in exakt dem gleichen Farbton wie das Tuch.

Ich will mich gerade verabschieden und zu ihr gehen, als Schmid mich zurückhält, um meine Personalien aufzunehmen. Scheinbar ist mein Name doch nicht ganz unwichtig.

Ich sehe in Katharinas Richtung und halte meine Hand mit ausgestreckten Fingern in die Höhe. »Fünf Minuten noch«, flüstere ich dabei, in der Hoffnung, dass sie von den Lippen lesen kann. Katharina nickt und setzt sich auf den Betonblumentopf, auf dem auch ich heute Morgen schon gesessen habe.

Hoffentlich verirren sich keine Ameisen in ihre schicke Tasche, denke ich und setze mich neben Schmid an den Verkaufstresen.

Während ich meinen Namen, Adresse usw. angebe, macht sich Mick schon auf den Weg. »Tschüss denn«, ruft er fröhlich, setzt sein grün-gelbes Cap auf und verschwindet durch die Tür.

»Ja ja, tschüss, tschüss«, grummelt Schmid und kratzt sich mit dem Kugelschreiber über den Rücken seiner großen, knubbeligen Nase.

Aus den Augenwinkeln sehe ich, wie Mick bei Katharina stehen bleibt. Sie lacht ihn mit ihren kleinen weißen Zähnen an und streicht mit einer geschmeidigen Handbewegung ihre dichten schwarzen Haare über die Schulter. Jetzt wünsche ich ihr doch ein paar fette Ameisen in die Tasche. Am besten feuerrote.

»Deine Telefonnummer? Emma? Hallo? Hörst du schlecht?«, faucht mich Schmid plötzlich an und stupst mit dem Kugelschreiber, mit dem er sich eben noch an der Nase gekratzt hat, gegen meinen Oberarm.

»'tschuldigung«, murmle ich und leiere die Nummer herunter wie eine Drittklässlerin das Einmaleins.

Als ich nach draußen komme, ist Mick schon abgedampft. Ich bilde mir ein, noch einen Hauch seines Aftershaves riechen zu können. Es duftet nach Sommer. Ein bisschen nach nassem Holzsteg, ein bisschen nach Meerwasser, ein bisschen nach Zitroneneis. Lecker.

Katharina strahlt mich über das ganze Gesicht an.

»Du hast ja einen tollen Job!«, meint sie. »Macht doch bestimmt total Spaß, oder?«

»Total!«, antworte ich und bemühe mich krampfhaft um ein einigermaßen vergnügtes Gesicht.

Katharina muss ja nicht alles wissen!

Am See herrscht trotz der vielen abgereisten Urlauber Hochbetrieb. Vor allem Familien mit kleinen Kindern besiedeln dicht an dicht das Ufer.

»Kein Problem«, meint Katharina und holt ein großes, zusammengefaltetes Stück Gummi und einen Blasebalg aus ihrer riesigen Tasche.

Den ganzen Nachmittag treiben wir in der Mitte des Sees auf Katharinas aufblasbarer Palmeninsel. Sicher vor den Wasserpistolen halbstarker Jungs und den tropfenden Eistüten greinender Kleinkinder, die über fremde Badematten taumeln. Nur meine Ohren sind dummerweise ungeschützt. Drei Stunden lang muss ich mir Katharinas Gequatsche anhören. Welcher Nagellack am schnellsten trocknet. Wo man die beste Gesichtsmaske bekommt. Oder wie man Selbstbräuner auftragen muss, damit es keine Ränder gibt. Dabei ist sie sowieso schon so braun wie eine Kakaobohne. Langsam habe ich den Verdacht, dass Katharinas Verstand auch nicht viel größer ist. Zu allem Überfluss versucht sie mich auch noch ständig über meinen »süßen Kollegen« auszuquetschen. Dabei weiß ich doch selber rein gar nichts über Mick. Außer wie sein Aftershave riecht und dass er beim Lachen diese irren Grübchen bekommt. Aber das sage ich ihr nicht. Ich muss sie ja nicht heißer auf Mick machen, als sie es offensichtlich ohnehin schon ist.

Um vier machen wir uns langsam auf den Heimweg. Ich will auf alle Fälle zurück sein, bevor meine Eltern von der Arbeit kommen. Sonst krieg ich am Ende auch noch Ärger, weil ich Dine alleine gelassen habe. Und Ärger hatte ich heute ja schon genug.

»Treffen wir uns morgen wieder?«, fragt mich Katharina, als wir schon vor unserer Haustür stehen. Ich überlege kurz, bevor ich antworte. Ob ich Dine wirklich noch mal eine Ausrede auftischen soll? Aber wenn ich Katharina absage, muss ich wahrscheinlich mit ihm klettern gehen.

»Okay, um zwölf«, sage ich und glaube fest, dass ich mich für das kleinere Übel entscheide.

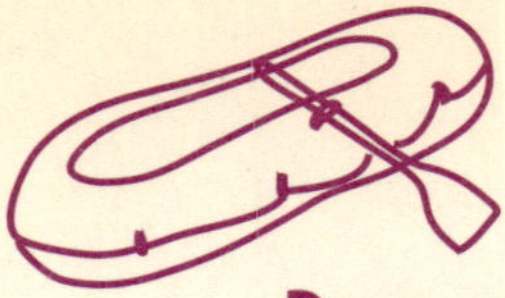

Dine schwindelt

Schon im Treppenhaus habe ich so ein komisches Gefühl im Bauch. Irgendetwas stimmt nicht, denke ich und steige widerwillig die letzten Stufen zu unserer Wohnung nach oben.

Als ich den Wohnungsschlüssel ins Schloss stecke, höre ich auch, was nicht stimmt. Meine Eltern sind schon zu Hause. Viel früher als sonst. Wahrscheinlich haben sie sich extra eher freigenommen, um mit Dine und mir noch etwas zu unternehmen. Au Backe. Auf Zehenspitzen schleiche ich durch die Tür. Meine Eltern und Dine sind im Wohnzimmer. Durch die geschlossene Tür kann ich sie miteinander sprechen hören.

»Was soll das heißen?«, fragt mein Papa gerade und seine Stimme klingt so scharf, dass man sechs Tage altes Brot damit schneiden könnte. »Sie tröstet eine Freundin? Und warum hat sie dich nicht mitgenommen? Ich verstehe das nicht«

»Sie hat mich doch gefragt, ob ich mitkommen will. Aber ich wollte lieber Fotos machen«, sagt Dine und klingt gar nicht so leise und unsicher wie sonst, sondern ganz so, als würde er nichts als die reine Wahrheit sagen.

»Fotos?«, hakt Papa nach.

»Ja«, erklärt Dine mit dem Brustton der Überzeugung.

»Ich fotografiere gerne. Und in einer neuen, fremden Stadt ist das natürlich besonders aufregend.«

»Ach so«, sagt Papa. Aber die Wut auf mich ist noch nicht ganz verraucht, das kann ich deutlich hören.

»Am Wochenende machen wir einen schönen Ausflug. Alle zusammen«, schlägt meine Mama jetzt vor. Versöhnlich, wie immer.

Ich schleiche den Flur hinunter in mein Zimmer und setze mich auf mein Bett. Die Tür lasse ich offen, damit ich hören kann, wenn Dine kommt. Plötzlich ertappe ich mich dabei, wie ich auf meinen Fingernägeln herumkaue. Das habe ich seit der vierten Klasse nicht mehr gemacht. Als es um den Übertritt aufs Gymnasium ging und nicht klar war, ob ich mit Marlene in einer Klasse bleibe. Mir ist echt ganz schön unbehaglich zumute.

Als die Wohnzimmertür aufgeht und ich Dines Schritte auf dem Gang höre, atme ich erst einmal tief ein. Dann stehe ich auf und stelle mich in die Tür.

»Hey Dine«, sage ich kleinlaut.

»Oh, hallo Emma!« Dine grinst von einem Ohr zum anderen. Sieht ganz so aus, als ob er sich trotz allem freuen würde, mich zu sehen.

»Komm doch kurz rein«, bitte ich ihn und gehe einen Schritt zur Seite.

»Okay«, sagt Dine und sieht mich überrascht an. Es ist das erste Mal, dass ich ihn in mein Zimmer einlade.

Etwas unschlüssig stehen wir im Raum herum.

»Schönes Poster«, sagt Dine verlegen und zeigt auf das Foto, das über meinem Bett hängt. Eine Frau, die in einem

Hotelzimmer auf dem Bett liegt und sehnsüchtig aus dem Fenster guckt. Hab ich erst neulich mit Marlene in der Poster-Galerie gekauft. Eigentlich finde ich es gar nicht so toll, aber das Bild, das davor dort hing, musste einfach weg. Eine schwarz-weiß gefleckte Katze, die aus einem alten Stiefel guckt. Für Poster mit Tierbabys bin ich eindeutig zu alt. (Ganz ehrlich, ich hab es nicht weggeschmissen, sondern nur zusammengerollt und hinter den Schrank gestellt. Niedlich war es nämlich irgendwie schon.)

»Danke, das ist ganz neu«, sage ich und setze mich auf den Bettpfosten. Dine zögert kurz, dann setzt er sich auf den Drehstuhl vor meinem Schreibtisch.

»Hast du heute wirklich Fotos gemacht?«, frage ich ihn und gucke auf meinen abgekauten Fingernagel. Früher hat mir Mama so ein bitter schmeckendes Zeug aus der Apotheke draufgeschmiert, damit ich meine Finger nicht mehr in den Mund stecke. Aber ich hab erst damit aufgehört, als ich in der fünften Klasse dann doch neben Marlene saß. Ganz hinten in der letzten Reihe.

»Mhm«, macht Dine und dreht sich auf dem Stuhl hin und her.

»Darf ich die Bilder mal sehen?«, frage ich und knibble schon wieder an meinen Fingern rum.

»Klar, wenn sie entwickelt sind«, sagt Dine und strahlt mich an. »Wenn du willst, können wir morgen auch zusammen losziehen und ein paar Bilder machen«, schlägt er dann vor – plötzlich mutig geworden, weil ich mich scheinbar für ihn und das, was er tut, interessiere.

Eigentlich finde ich die Idee gar nicht so übel. Ich muss ja auch noch die Hausaufgabe für den Fotokurs anfangen. Ich hab noch kein einziges Sommerbild gemacht. Aber jetzt bin ich morgen schon mit Katharina verabredet.

»Morgen …«, stammle ich. »Also morgen ist es leider nicht so gut. Meiner Freundin geht es immer noch nicht so toll, weißt du.«

»Dann vielleicht ein anderes Mal«, sagt Dine und steht auf. Er versucht, ganz normal zu klingen, aber ich merke trotzdem, dass er enttäuscht ist.

»Dine?«, rufe ich, als er schon fast aus der Tür ist.

Dine dreht sich auf der Stelle um.

»Danke«, murmle ich. »Wegen meinen Eltern, du weißt schon.«

»Kein Problem«, sagt Dine. Dann huscht plötzlich ein Leuchten über sein Gesicht, als hätte er gerade den Einfall des Jahrhunderts gehabt.

»Ich kann dich übrigens auch mal beim Klettern fotografieren.«

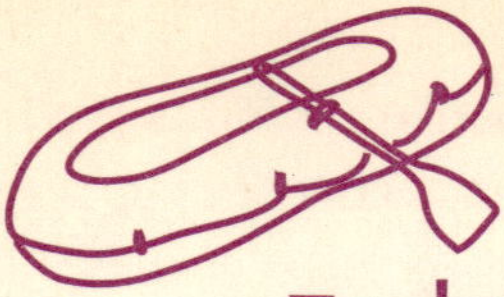

Zu dritt auf einer Insel

Am Abend laden meine Eltern Dine und mich noch zum kleinen Italiener ein. Papa hat sich inzwischen beruhigt und startet das große Dine-Unterhaltungsprogramm. Ob Papas Ausführungen für Dine wirklich so unterhaltend sind, ist allerdings fraglich. Er erzählt ihm alles über unsere kleine Stadt. Lauter geschichtliche Daten. Von den Kelten bis heute. Wirklich irre spannend.

Dine tut so, als würde er interessiert zuhören. Etwas anderes bleibt ihm wohl auch gar nicht übrig.

Wenigstens kann ich dabei in Ruhe meine Pizza essen. Mit Rucola und Parmaschinken. Mein absolutes Lieblingsessen. Echte Nervennahrung nach so einem Tag.

Blöd wird es nur noch mal, als Mama sich nach meiner liebeskranken Freundin erkundigt.

»Wer ist denn das Mädchen?«, fragt sie und ihr Blick ist voller Mitleid mit dem armen Wesen. Mama muss schon mal entsetzlichen Liebeskummer gehabt haben. Irgendwann vor Papa. Aber sie erzählt nie davon. Bestimmt damit Papa nicht eifersüchtig wird.

»Äh … also …«, stottere ich, ziehe einen langen Mozzarellafaden aus meinem Mund und wickle ihn gespielt konzentriert auf meiner Gabel auf, um Zeit zu schinden.

»Das ist Katharina. Aus meiner Klasse. Sie ist in so 'nen

Typen verliebt, der nichts von ihr wissen will«, sage ich dann und versuche, Mama dabei nicht in die Augen zu sehen. »Aber ich glaube, ihr ist es nicht recht, wenn ich davon erzähle«, füge ich schnell hinzu, um das Thema ein für alle Mal zu beenden.

Dass eine kleine Lüge immer gleich einen ganzen Rattenschwanz an Lügen nach sich ziehen muss! Das zehrt auf die Dauer echt ganz schön an den Nerven.

Und von meinem Job habe ich auch noch nichts gesagt.

Als ich später im Bett liege, nehme ich mir fest vor, meinen Eltern spätestens am Wochenende vom Sportgeschäft zu erzählen. Bevor es irgendwie anders rauskommt. Dann krieg ich nämlich bestimmt Probleme.

Mein zweiter Arbeitstag beginnt schon wieder in der Küche.

Mick ist ausnahmsweise mal pünktlich. Gut gelaunt steht er neben mir, während ich die Kaffeemaschine bediene.

»Darf ich dein Assistent sein?«, fragt er lachend und reicht mir das Kaffeepulver. Irgendwie bin ich total nervös. So zittrig wie ein Chihuahua-Welpe. Das halbe Pulver landet auf der Arbeitsplatte. Mick wischt es mit einem Lappen weg und grinst: »Zu spät ins Bett gegangen gestern, was?«

Ich nicke und muss zum Glück auch wirklich ein paarmal gähnen. Mick soll ruhig glauben, dass ich gestern Abend noch auf einer wilden Party war.

Die Küche ist so klein, dass wir uns ständig aus Versehen berühren. Micks Haut erinnert mich ein bisschen an Marzipan. Weich und trotzdem fest. Außerdem riecht er auch schon wieder so lecker, dass ich in ihn reinbeißen könnte.

Mann, auf was für haarsträubende Ideen ich heute komme!

Als Schmid Mick in den Verkaufsraum ruft, bin ich total erleichtert. Ich reiße erst mal das Fenster auf, um meinen Verstand wieder klarzukriegen. Bin ja schon total bescheuert!

Später weist mich Schmid in die Kasse ein. Eine Stunde lang muss ich direkt neben ihm auf einem Stuhl sitzen. Zum Glück rieche ich heute nicht nach Chanel Nummer 5. Fehlte ja gerade noch, dass sich der alte Sack wieder an meinem Duft ergötzt.

Als wir fast fertig sind, geht die Ladentür auf und Katharina spaziert auf langen Beinen herein. Es ist gerade mal elf. Ob Katharina etwas kaufen will? Um mich abzuholen, kann sie ja noch nicht gekommen sein.

Sie trägt ein ultrakurzes Jeansminikleid und Lederflipflops, an denen kleine Perlchen klackern. Wo sie die tollen Fummel nur immer herkriegt? Dagegen sehen meine Eigenkompositionen total improvisiert aus. Vielleicht sollte ich mal mit ihr shoppen gehen. Immerhin bin ich ja gerade dabei, mächtig Geld zu verdienen.

»Hallo Emma!«, begrüßt sie mich.

»Das ist ja eine Überraschung! Ich hab gleich Zeit für dich«, sage ich, aber Katharina hört gar nicht richtig hin. Ihr Blick wandert suchend durch den Laden.

Langsam dämmert mir, warum Katharina hier ist.

Jetzt kommt auch schon Mick auf sie zu. Katharina verzieht ihre vollen Lippen zu einem supersüßen Lächeln. Ob es Kurse gibt, in denen man so was lernen kann? Wenn ja, war Katharina bestimmt in einem. Oder sie ist einfach ein Naturtalent. Ist ja eigentlich auch keine Kunst, so zu lächeln – mit dem Kussmund!

»Kann ich dir irgendwie helfen?«, fragt Mick und präsentiert seine hübschen Grübchen.

»Ach gerne«, sagt Katharina zuckersüß, wirft ihre Haare zurück und legt den Kopf schief.

Ich könnte ihr an die freigelegte Gurgel springen.

»Ich bräuchte ein Paar neue Joggingschuhe. Größe 37,5«, erklärt Katharina.

Na, zum Glück will sie keinen Bikini kaufen und sich dabei ausgiebig von Mick beraten und begutachten lassen, denke ich.

Aber als sich Katharina jetzt auf einem Hocker niederlässt und Mick ihre schlanken, feingliedrigen Füße entgegenstreckt, bin ich mir gar nicht so sicher, ob Joggingschuhe wirklich die bessere Alternative sind. An ihrer Fessel baumelt ein Fußkettchen mit kleinen silbernen Herzchen dran und ihre Nägel sind blutrot und tipptopp lackiert. Soweit ich es von der Kasse aus erkennen kann, hat Katharina nicht das kleinste Fleckchen Haut mit Nagellack bekleckert. Wenn ich mir die Nägel bepinsle, ist danach der halbe Fuß bunt gescheckt. Darum lasse ich es meistens gleich sein.

Mick nimmt Katharinas Fuß in beide Hände und beginnt zu fachsimpeln: »Niedriger Rist, schmale Ferse …«

Ich will gar nicht genauer hinhören. Was Mick wohl zu meinen Füßen sagen würde? Platt-Senk-Spreizfuß mit einer ausgeprägten Tendenz zum Quadratlatschen vielleicht.

Aber seine Hände fühlen sich bestimmt supergut an. Ich wische den Gedanken sofort beiseite und lasse mir von Schmid die letzten Details an der Kasse erklären. Ich bin richtig froh, dass ich etwas zu tun habe. Dann muss ich mir Katharinas affiges Getue nicht länger mitansehen.

Erst als sie Mick fragt, was er am Nachmittag vorhat, werde ich wieder hellhörig. Ob Katharina unsere Verabredung vergessen hat? Das wäre ja 'ne blanke Unverschämtheit!

»Heute Nachmittag?«, fragt Mick und denkt kurz nach. »Eigentlich nichts«, sagt er dann.

»Dann komm doch mit Emma und mir an den Baggersee!«, meint Katharina und schlägt ihre Beine übereinander. Die Herzchen an ihrem Knöchel klimpern.

Katharina hat mich also doch nicht vergessen. Wäre ja auch die Höhe gewesen! Aber eigentlich hätte sie mich auch fragen können, was ich davon halte, Mick mit zum Baden zu nehmen. Davon halte ich nämlich ehrlich gesagt gar nichts. Auch wenn Mick nicht zu den Typen gehört, die ihre vollgetankte Wasserpistole mit sich rumschleppen.

Zwei Stunden später liege ich mit Mick und Katharina am See.

Katharina hat wieder ihre Insel dabei, aber zu dritt wird es ganz schön eng darauf. Wir können nicht liegen wie gestern, sondern müssen uns gegenübersitzen. Mick und Katharina haben ihre Füße in die Mitte gestreckt. Ich hocke mit angewinkelten Beinen da. Bestimmt schlafen mir gleich die Füße ein.

Katharina mustert jeden einzelnen von Micks Muskeln eingehend und macht dabei ein Gesicht, als würde sie gerade in ein warmes Schaumbad steigen.

Ich dagegen weiß ja schon, wie Mick in Badehosen aussieht. Er hat die grünen Shorts an, in denen ich ihn bei Karstadt aus der Umkleide geangelt habe!

Die Sonne brennt so stark vom Himmel wie lange nicht mehr und es weht nicht der leiseste Windhauch.

Katharina erzählt Mick von dem Kinofilm, in dem sie gestern Abend mit ihrer Mutter war. Sie erzählt alle Witze und sogar das Ende nach. Vielen Dank! Ich wollte den Film eigentlich auch noch sehen. Mick offensichtlich nicht. Er lacht immer wieder lautstark los, während Katharina berichtet. Sogar an den Stellen, die gar nicht so schrecklich lustig sind.

Ich muss die ganze Zeit auf Micks und Katharinas Füße gucken. Die kommen sich nämlich immer näher, während Katharina redet. Ich kann gar nicht genau sagen, wer da an wen ranrutscht, aber auf einmal sind die beiden ganz dicht beieinander. Als sich ihre Zehen berühren, hält Katharina kurz inne und lächelt Mick an.

Ich fühle mich plötzlich wie seekrank. Außerdem sind meine Beine jetzt wirklich taub.

»Hey«, sage ich und meine Stimme klingt so, als würde sie von einem anderen Stern kommen. »Ich erfrisch mich kurz. Mir wird's zu heiß.«

Dann lasse ich mich mit einer Rückwärtsrolle über den Rand der Insel kugeln und tauche ab in das dunkelgrüne Wasser.

Um ans Ufer zu kommen, muss ich wie wild mit den Armen rudern. Meine Beine schlafen fester als zwei Murmeltiere. Erst als ich den Strand erreiche, sind sie wieder einsatzbereit.

Ich packe meine Badetasche, klemme sie auf den Gepäckträger meines Fahrrads und mache mich auf den Weg nach Hause.

Ich trete richtig fest in die Pedale und der Fahrtwind rauscht mir um die Ohren. Meine Sonnenbrille ist seit Wochen verschollen und zwei kleine Tränen rinnen links und rechts aus meinen Augen Richtung Ohren. Sie kommen vom Wind oder vielleicht auch, weil ich traurig und wütend bin. Dabei war doch von Anfang an sonnenklar, dass aus einem Supertypen wie Mick und einem Oberdussel wie mir nie was werden würde!

Als ich an unserem Haus ankomme, steige ich nicht ab, sondern fahre einfach weiter. So lange, bis ich nichts mehr fühle. Dann drehe ich endlich um und fahre zu Dine nach Hause.

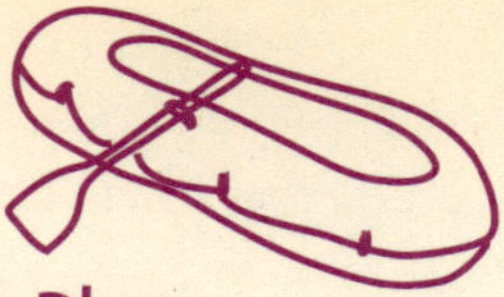

Der Plan

In unserer Wohnung steht die Luft. Es ist drückend heiß. Dine ist gar nicht da. Wahrscheinlich ist er wieder mit der Kamera unterwegs. Was er da wohl so fotografiert?

Ich mache alle Fenster auf und fächle mit einem DIN-A3-Block Luft durch die Wohnung. Ein bisschen wie ein Schamane, der böse Geister austreibt.

Dann lege ich mich auf unser Ledersofa und schalte die Glotze an, um das Bild von Mick und Katharina auf der Palmeninsel irgendwie loszuwerden. Das Leder ist schön kühl. Eindeutig der beste Platz in der Wohnung. Ich lasse mich abwechselnd von VIVA und MTV berieseln, esse Latte-Macchiato-Schokolade aus dem Kühlschrank (im Sommer lege ich vorsorglich immer mindestens eine Tafel hinein) und warte auf Dine.

Als die Moderatorin auf VIVA erzählt, dass irgendein Konzert ausfallen muss, weil sich der Sänger den Arm gebrochen hat, schießt mir plötzlich ein genialer Einfall in den Kopf. Na klar, das ist es doch! Ich kann auch mal einen Nachmittag mit Dine verbringen, ohne Gefahr zu laufen, mit ihm klettern zu müssen!

Ich werde einfach so tun, als hätte ich mir den Arm verstaucht. Mit einem Mullverband und ein bisschen Gejammer keine große Sache, oder?

Bevor ich den Gedanken zu Ende bringen kann, höre ich, wie Dine den Schlüssel ins Schloss steckt. Meine Mama hat ihm gleich am ersten Tag einen Ersatzschlüssel gegeben. Für den Notfall. Wenn er mal ohne mich unterwegs sein sollte. Und auch ein bisschen, damit er sich wie zu Hause fühlt. Dass Dine ihn so oft alleine gebrauchen würde, hat sie wahrscheinlich nicht gedacht.

Dine war tatsächlich wieder Fotos machen.

»Nächste Woche bringe ich sie zum Entwickeln«, erklärt er. »Zu Hause mache ich das selber. In meiner Dunkelkammer. Aber hier würde das etwas schwierig werden.«

»Hast du keine Digitalkamera?«, frage ich Dine überrascht.

»Nein, so ein altes analoges Ding von meinem Opa«, erklärt Dine. »Es macht aber ganz tolle Bilder. Nicht so langweilige wie eine Digitalkamera, sondern eher … wie sagt man auf Deutsch … kornig?«

»Körnig«, verbessere ich ihn. »Verstehe.«

»Das hat mehr Charme, finde ich.«

Ich nicke und denke bei mir, dass Dines Bilder wahrscheinlich ungefähr so viel Charme haben wie seine komische Brille. Neugierig bin ich trotzdem.

»Wollen wir morgen zusammen Fotos machen?«, frage ich und überlege dabei, wo ich heute noch den Verband herkriege. »Dann ist Samstag. Ich muss auch nicht arbeiten.«

»Samstag machen immer alle Schweden zusammen einen Ausflug«, sagt Dine und sieht auf einmal ganz traurig aus. So als hätte er eine unwiederbringliche Chance verpasst. »Morgen fahren wir nach München ins Deutsche Museum. Schon ganz früh. Und wir kommen erst am Abend wieder.«

Ist vielleicht auch besser so, überlege ich. Dann habe ich zumindest noch Zeit, die Sache mit dem verstauchten Arm gründlich zu planen.

»Am Sonntag wollen meine Eltern etwas mit uns unternehmen. Dann eben am Montag«, sage ich und gucke wieder auf den Fernseher.

»Montag, prima«, sagt Dine und klingt dabei so, als wäre Montag Weihnachten.

Wir sehen noch eine ganze Weile zusammen fern. Bis meine Eltern kommen und es Abendessen gibt.

Ich liege schon im Bett, als das Telefon klingelt.

Mama klopft an die Tür. »Emma, Telefon! Eine Katharina.«

Ich will schon im Schlaf-T-Shirt und meiner rosa Unterhose auf den Flur gehen, als mir einfällt, dass Dine ja noch mal auftauchen könnte. Also ziehe ich schnell meine Bermudas über und laufe dann zum Telefon.

»Hallo Emma«, sagt Katharina. »Wo warst du denn heute plötzlich?«

»Ach, ich wollte euch nicht stören«, antworte ich wahrheitsgemäß und wickle die Telefonschnur um meinen Zeigefinger. Eigentlich habe ich erwartet, dass Katharina jetzt so was sagt wie: »Ach, du hast doch nicht gestört.« Oder: »Schade, dass du so schnell gegangen bist.« Aber stattdessen kommt nur ein »Nett von dir« aus dem Hörer.

Und dann fängt Katharina an, minutenlang von Mick zu

schwärmen. Wie süß er ist. Was er für tolle Grübchen hat. Wie gut er riecht.

Erzähl mir was Neues, denke ich und halte den Hörer kurzzeitig ganz weit von mir weg.

»Stell dir vor, wir waren bis jetzt zusammen!«, sagt Katharina gerade, als ich den Hörer wieder ans Ohr nehme.

Ich sehe auf meine Uhr. Zehn nach zehn. Die beiden scheinen echt einen tollen Tag gehabt zu haben.

»Schön für euch«, sage ich kurz und schließe die Augen. Es drückt in meinem Hals und hört nicht mal auf, als ich ein paarmal ganz fest schlucke.

»Aber morgen muss er leider wieder arbeiten. Wollen wir zusammen shoppen gehen?«, fragt Katharina jetzt.

Ich habe eigentlich keine Lust, der Notnagel zu sein. Und darauf, mir Katharinas Liebesgesäusel anzuhören, auch nicht. Aber shoppen gehen klingt gut. Und außerdem habe ich ja auch noch nichts vor. Also sage ich mal wieder halbherzig »Ja«. Schon allein, weil mir auf die Schnelle keine Ausrede einfällt.

Wir verabreden uns für elf Uhr am Brunnen auf dem Marktplatz.

»Ich träum bestimmt von Mick«, sagt Katharina noch, bevor sie auflegt.

Ich hoffentlich nicht, denke ich und gehe zurück in mein Zimmer.

Als ich schon fast eingeschlafen bin, klopft es noch mal an der Tür. Meine Mama kommt ins Zimmer und setzt sich auf meinen Bettrand. Das hat sie schon eine Ewigkeit nicht mehr gemacht.

»War das das Mädchen mit dem Liebeskummer?«, fragt sie.

Ich nicke nur.

»Und? Geht es ihr wieder besser?«, will Mama wissen und streicht dabei mein Bettlaken glatt.

»Der geht's sogar blendend«, antworte ich und bin froh, dass ich ausnahmsweise mal nichts erfinden muss. »Sie war bis gerade eben mit dem Typen unterwegs. Alles in Butter.«

»Schön«, meint Mama und steht wieder auf. Die Bettfedern quietschen leise.

Nett, was sich Mama für Sorgen macht. Eigentlich schade, dass sie nicht weiß, wer wirklich Liebeskummer hat.

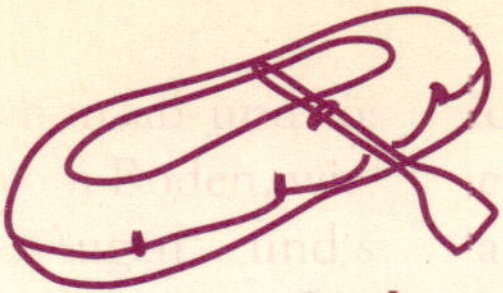

Spitzendessous

Wollen wir gleich zu H&M?«, fragt Katharina, die mit einer überdimensionalen Sonnenbrille im Pilotenstil am Rand des Brunnens auf mich wartet. Eigentlich hatte ich auf einen Geheimtipp von Katharina gehofft. Irgendeine kleine Boutique, die kein Mensch kennt und in der es lauter tolle, ausgefallene Sachen gibt. Aber H&M ist natürlich immer gut. Und entspricht vor allem genau meinem Geldbeutel. Noch zumindest. Bis ich am Ende des Monats meine Gehaltsabrechnung bekomme und auf einen Schlag stinkreich bin. Das hoffe ich jedenfalls. Ehrlich gesagt, habe ich mich bis jetzt nicht getraut, nach meinem Stundenlohn zu fragen.

Bei H&M treten sich die Leute mal wieder gegenseitig die Füße platt. Katharina und ich durchstöbern Regale und Kleiderständer. Gleich am Anfang entdecke ich ein bunt gemustertes Vintage-Kleid im 70er-Jahre-Stil, das perfekt zu den grünen Schlangenleder-Sandalen passt, die ich mir letzten Sommer gekauft habe. Katharina zieht mit einem spitzen Entzückensschrei ein lila Kleid heraus. Rückenfrei und superkurz.

»Genau das Richtige für heute Abend!«, schwärmt sie.

»Heute Abend?«, frage ich und angle auf Zehenspitzen

nach einem schwarzen T-Shirt, das auf einem Stapel etwas weiter oben im Regal liegt.

»Heute Abend gehe ich mit Mick ins Kino«, sagt Katharina mit geheimnisvoller Stimme und zwinkert mir zu. Der Stapel mit den T-Shirts rutscht aus dem Regal, landet direkt auf meinem Kopf und fällt schließlich auf den Boden. Lachend hilft mir Katharina, die schwarzen Shirts, die überall um mich herum verstreut liegen, wieder aufzusammeln.

»Nur schade, dass ich darunter keinen BH tragen kann«, flüstert sie mir zu, als wir nebeneinander auf dem Boden knien.

Später zieht sie mich dann doch in die Unterwäscheabteilung. »Ich will mir wenigstens einen neuen String kaufen«, erklärt sie und entscheidet sich schließlich für einen schwarzen Spitzentanga.

Ich muss an meine biederen Unterhosen denken.

Geringelt und mit Blümchen drauf. Auf einer sind sogar rote Äpfelchen abgebildet. Wie bei einem kleinen Mädchen. Mama kauft noch immer meine Unterhosen. Und BH habe ich noch gar keinen.

Katharina kann das gar nicht glauben.

»Probier doch mal den hier«, sagt sie und hält mir ein knallrotes Exemplar unter die Nase. Am Saum sind kleine Strass-Steinchen aufgeklebt.

Als ich damit vor dem Spiegel in der Umkleide stehe, komme ich mir ganz fremd vor. Aber eigentlich sehe ich gar nicht so schlecht aus. Ich habe doch tatsächlich Körbchengröße B. Ich hatte auf A getippt.

Katharina sucht sich noch große goldene Kreolen zu ihrem lila Kleid aus. Unweigerlich muss ich mir vorstellen, wie sie damit neben Mick im Kino sitzt. Händchen haltend und später bestimmt auch knutschend.

Wie benebelt kaufe ich das Vintage-Kleid und den roten BH.

»Albern«, denke ich, als wir schon wieder draußen auf der Straße sind, und schlenkere die Plastiktüte mit meinen Einkäufen gegen einen Laternenpfosten. Ein knallroter BH, den außer mir niemand sehen wird!

Als ich nach dem Shoppen neben Katharina auf der Terrasse von »Giovanni's« sitze, dem kleinen Café am Markt, fällt mir ein, dass ich den BH nach dem Tragen nicht mal in die Wäsche stecken kann. Meine Mutter würde bestimmt superblöde Fragen stellen.

Ein echter Fehlkauf. Na ja, dafür ist wenigstens das Kleid ganz schön.

Wir bleiben noch eine ganze Weile in der Sonne sitzen. Katharina erzählt von ihrem Nachmittag mit Mick. Ich schlürfe meine Latte Macchiato und versuche, ihr nicht zuzuhören.

Auf dem Steinboden der Terrasse tummeln sich ein paar Spatzen. Ich zerkrümle den Keks, den man im »Giovanni's« zu jedem Kaffee bekommt, und werfe ihn in kleinen Bröckchen auf den Boden. Ganze Spatzenschwärme stürzen sich darauf, als hätten sie seit Tagen nichts zu essen bekommen.

Als wir gezahlt haben und uns verabschieden, wünsche ich Katharina schweren Herzens einen schönen Abend mit Mick.

»Und dir viel Spaß mit Dine!«, sagt Katharina und macht dabei ein Gesicht, als hätte sie gerade einen Riesenwitz gemacht.

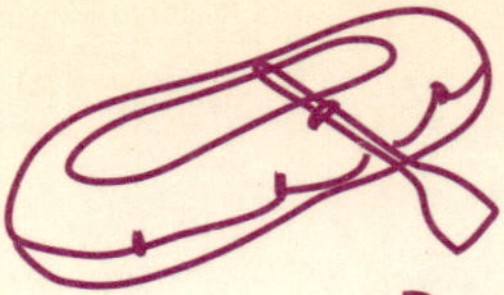

Die Sache mit dem Strickungetüm

Am Sonntag sitze ich schon um zehn mit meinen Eltern und Dine im Auto. Auf dem Dach vibriert das große Schlauchboot, das Papa gestern gekauft und auf dem Wohnzimmerboden aufgepumpt hat. Eineinhalb Stunden lang habe ich den alten Blasebalg quietschen und Papa fluchen gehört.

Der Fahrtwind hat die Schnüre gelockert und das Boot macht einen derartigen Lärm, dass man sogar das voll aufgedrehte Radio fast nicht mehr verstehen kann.

Dine scheint das nichts auszumachen. Er sitzt quietschvergnügt neben mir auf der Rückbank und guckt die meiste Zeit aus dem Fenster. Manchmal sieht er auch kurz zu mir rüber und grinst. Seine Zähne sind fast so klein wie Katharinas. Klitzekleine weiße Mäusezähne. Irgendwie niedlich.

Die Sonne reflektiert auf den Gläsern seiner Hornbrille.

Mensch, ich verstehe immer noch nicht, wie man sich so ein Monstrum auf die Nase pflanzen kann.

Papa kutschiert uns direkt zum nächsten Fluss, bindet das Schlauchboot vom Dachständer los und hievt es durch dichtes Gestrüpp ans Flussufer. Mein Vater hat zwar einen ziemlich langweiligen Bürojob, aber eigentlich steckt in ihm ein echter Abenteurer. Meine Mutter nennt ihn manchmal ihren »Marlboro-Mann«. Obwohl Papa in seinem ganzen Leben – angeblich – noch keine Zigarette geraucht hat.

Mama trägt die große Kühltasche hinter ihm her durch die Büsche. Dine und ich laufen mit den Paddeln hinterdrein.

Und los geht die Fahrt. Das Flussufer ist gesäumt von Bäumen, die lustige Schatten auf das gelbe Gummi unseres Boots werfen. Die Luft ist angenehm kühl. Ein leichter Wind weht und lässt kleine Wellen auf der Wasseroberfläche tanzen.

Dine erzählt, dass seine Eltern ein altes Motorboot in den Schären liegen haben. Damit knattern sie oft zu den kleinen Inseln, die überall vor Stockholm liegen. Dines Eltern, seine kleine Schwester Frida und er. Und auf einer dieser Inseln haben sie sogar ein Ferienhaus. »Miniklein und nichts Besonderes«, sagt Dine. Ich bin trotzdem ein bisschen neidisch. Wenn meine Mama nicht so viel arbeiten würde, könnte ich jetzt auch vor so einem Schwedenhäuschen in der Sonne sitzen und aufs Meer hinaus gucken.

»Sind deine Eltern und deine kleine Schwester im Moment dort?«, fragt Mama.

Dine schüttelt den Kopf. »Dieses Jahr konnten wir leider nicht alle zusammen wegfahren«, sagt er, streckt seine Hand in den Fluss und beobachtet die schmale Spur, die sich dabei im Wasser bildet.

»Was machen deine Eltern denn dann in den Ferien?«, bohrt Mama weiter nach. Sie kann sehr neugierig sein. Über Marlene und ihre Familie will sie auch immer genauestens Bescheid wissen. Ich finde ja, dass das ganz schön nerven kann. Aber Marlene meint, ich sollte froh sein, dass meine Eltern sich so für mich interessieren. Ihre Eltern fragen nie nach. Und das ist auf die Dauer auch doof.

»Meine Schwester ist im Zeltlager«, erklärt Dine und guckt immer noch in die Wellen.

»Und deine Eltern?«, will Mama wissen.

Jetzt dreht sich Dine zu meiner Mama und sagt knapp: »Meine Mutter ist seit ein paar Monaten im Krankenhaus.«

»Oh«, macht meine Mutter.

Es ist mir richtig peinlich für sie, dass sie so nachgehakt hat.

Dine erzählt uns, dass seine Mutter Krebs hat, aber dass es gute Heilungschancen gibt. »Mir tut vor allem meine kleine Schwester leid«, redet er weiter und reibt sich an der Nase. »Sie ist erst sieben und war noch nie ohne Mama weg.«

Von einem Augenblick auf den anderen muss Dine grinsen. »Aber zum Glück ist sie nicht ganz allein. Sie hat meinen Pulli dabei.«

Mama hat ganz große, runde Augen. Sie weiß gar nicht, was sie sagen soll. Papa bringt auch kein Wort raus.

»Und ich musste ihr versprechen, ihren anzuziehen«, lacht Dine. »So ein komisches weinrotes Mädchending.«

Er kichert und nimmt damit ein bisschen von der Spannung raus, die plötzlich über dem Boot hängt.

Unwillkürlich stecke ich schon wieder meine Finger in den Mund. Das weinrote Strickungetüm gehört gar nicht Dine! Und ich hatte meinen Gastbruder schon der fortgeschrittenen Geschmackspest verdächtigt! Dabei ist es ja eigentlich ganz süß von ihm, dass er mit seiner kleinen Schwester Pullover getauscht hat.

Ich starre aufs Wasser und knabbere so lange auf meinen Nägeln herum, bis sich meine Mama wieder gefasst hat und ganz laut »Finger raus, Emma!« schimpft.

Zum Mittagessen holt Mama den Proviant aus der Kühltasche und breitet ihn auf einem karierten Geschirrtuch in der Mitte des Bootes aus. Chicken Wings, kleine Partysemmeln, Cocktailtomaten mit Mozzarella und Kartoffelsalat. Alles superlecker und viel zu viel. Wie immer, wenn Mama kocht. Papa verputzt beinahe eine langbeinige Wasserfliege, die sich auf seinem Hühnchenschenkel niedergelassen hat. »Du kriegst den Hals auch nie voll genug«, sagt Mama. Wir müssen alle lachen. Langsam verschwindet die gedrückte Stimmung, aber ich habe trotzdem immer wieder Dines Mutter und seine Schwester Frida im Kopf. Erst als wir beinahe in einem Wasserfall kentern und einen riesigen Felsbrocken umschippern müssen, komme ich notgedrungen auf andere Gedanken.

Papa ist total in seinem Element und auch Dine scheint unser Ausflug richtig Spaß zu machen. Die halbe Strecke hält er die Ruder in der Hand. Als wir am späten Nachmittag das Boot aus dem Wasser ziehen, strahlt er über das ganze Gesicht.

»Gut gerudert, Junge!«, sagt Papa und klopft Dine auf die Schulter. Mir wäre das total peinlich, aber Dine scheint sich über das Lob wirklich zu freuen.

Mama ruft bei der Taxizentrale an und wir lassen in der Zwischenzeit so viel Luft aus dem Boot, dass es in den Kofferraum des Taxis passt.

Auf dem Rückweg zum Auto schlafe ich beinahe ein und als wir zu Hause ankommen, bin ich immer noch so müde, dass ich nach dem Abendessen direkt ins Bett gehen könnte.

Doch ich zwinge mich dazu, noch ein bisschen wach zu bleiben. Schließlich habe ich mir vorgenommen, meinen Eltern endlich von meinem Job zu erzählen. Als Dine im Bad ist und ich mit meinen Eltern alleine in der Küche sitze, nehme ich all meinen Mut zusammen. Dass ich schon die ganze Woche im Sportgeschäft gejobbt habe, sage ich nicht. Nur, dass ich *jetzt* vormittags von neun bis zwölf eine Arbeit habe. Meine Eltern reagieren erstaunlich entspannt. Sie seien ja schon immer dafür gewesen, dass ich mir einen Ferienjob suche.

Mama will wissen, ob ich im Verkauf arbeiten darf, und meint, dass mir das bestimmt liegen würde. Keine Ahnung, wie sie darauf kommt.

Papa sagt: »Aber am Nachmittag kümmerst du dich um Dine, oder?«

Mama fegt ein paar Brösel vom Tisch und fügt seufzend hinzu: »Wir sollten uns wirklich bemühen, dass der Junge schöne Ferien hat.«

»Klar«, antworte ich. »Der Nachmittag gehört ab jetzt Dine!«

Und es ist nicht mal geschwindelt, was ich da sage.

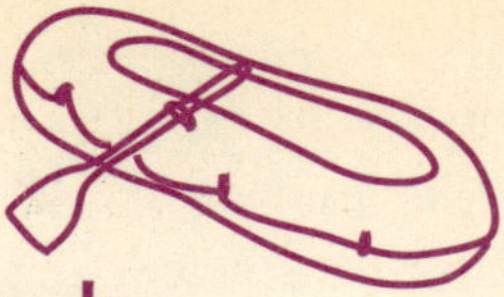

Falsch verbunden

Mick ist am Montag mal wieder bestens gelaunt. Vielleicht sogar noch besser als sonst. Bestimmt hat er ein tolles Wochenende mit Katharina gehabt. Jedes Mal wenn er lacht und seine süßen Grübchen erscheinen, gibt es mir einen kleinen Stich ins Herz. Wenn er nicht bald mit dem Gegrinse aufhört, wird mein Herz für alle Ewigkeit wie ein alter, durchlöcherter Schwamm aussehen.

Genau wie Katharina erkundigt sich auch Mick danach, wo ich am Freitag plötzlich abgeblieben bin. Ich fasle irgendwas von Sonnenstich und Kopfweh. »Ach so«, sagt Mick. Wenigstens bedankt er sich nicht, dass ich mich so schnell verkrümelt habe. Sonst müsste ich mich ja langsam schämen, dass ich überhaupt existiere.

Während ich im Lager eine Ladung Badeschuhe mit Preisetiketten versehe, arbeite ich meinen Plan mit dem verstauchten Handgelenk aus. Gestern hat Dine die Kletterwand zwar nicht mit einem Wort erwähnt, aber sicher ist sicher.

Nach der Arbeit gehe ich direkt in die Apotheke und besorge eine Packung Mullbinden.

Katharina hat sich gar nicht gemeldet, um sich mit mir zu verabreden. Klar, sie wird bestimmt wieder etwas mit Mick unternehmen. Wahrscheinlich war er heute auch deshalb so gut gelaunt. Die beiden passen einfach zueinander wie die Faust aufs Auge. So gut, dass es wehtut.

Mir jedenfalls.

Im Fahrradkeller unseres Hauses wickle ich mir dann den Verband ums Handgelenk. Das ist gar nicht so einfach – im Stehen und mit nur einer Hand. Der halbe Verband hängt kreuz und quer um mein Handgelenk, als ich plötzlich die Tür zum Keller schlagen höre. Dine?

Schnell flüchte ich mich hinter eine Mülltonne und lausche. Das automatische Licht geht aus und ich hocke im Dunkeln. Wie ein Einbrecher auf der Flucht. Ein saurer Geruch steigt mir aus der Mülltonne in die Nase.

Irgendjemand öffnet die Tür zum Fahrradraum. Das Licht geht wieder an. Mein Herz schlägt wie verrückt. Es wäre wirklich zu peinlich, wenn Dine mich so entdecken würde.

Jetzt höre ich schwere Schritte, die sich den Mülltonnen nähern. Dine kann das nicht sein, denn der schleicht eher. Trotz der gelben U-Boote an seinen Füßen.

Plötzlich fängt die Mülltonne, hinter der ich sitze, an zu wackeln. Dann wird sie mit einem Ruck weggezogen. Schutzlos kauere ich im grellen Kellerlicht.

Vor mir steht Herr Hauptmann, unser Hausmeister. Offensichtlich wollte er die Mülltonne gerade vors Haus stellen, damit sie entleert werden kann. Jetzt glotzt er mich an wie ein Gespenst.

Ich versuche, ein möglichst unschuldiges Gesicht zu machen. So als würde ich nicht am helllichten Tag hinter einer

Mülltonne hocken, sondern an meinem Schreibtisch über ein paar Mathegleichungen brüten.

»Schönen guten Tag, Herr Hauptmann«, sage ich artig, stehe auf und klopfe mir den Staub vom Hosenboden.

Herr Hauptmann starrt mich immer noch an wie das achte Weltwunder. Also muss ich doch irgendeine Erklärung abgeben.

»Wir spielen Verstecken, bitte verraten sie mich nicht!«, plappere ich jetzt einfach drauflos. Verstecken! Was Dümmeres ist mir auch nicht eingefallen. Im Oktober werde ich 14!

Herr Hauptmann starrt auf den Verband, dessen unteres Ende im Dreck baumelt, und sieht mich misstrauisch an.

»Das ist beim Fangenspielen passiert«, erkläre ich schnell.

Der alte Hausmeister schüttelt den Kopf, streicht seinen Schnurbart glatt und marschiert dann wortlos weiter. Aber ich bin mir ziemlich sicher, dass morgen ein Zettel an unserer Tür kleben wird:

»Versteck- und Fangspiele in Treppenhaus und Keller bis auf Weiteres untersagt!«

Dine wird sich ganz schön wundern. Schließlich wohnen außer meinen Eltern und mir nur ältere Leute im Haus!

Mit zitternden Fingern wickle ich den Rest vom mittlerweile leicht gräulichen Verband auf und befestige ihn mit zwei Häkchen. Das Ergebnis sieht nicht besonders professionell aus, aber ich will echt nicht länger in diesem muffigen Keller herumstehen und mich noch einmal von Herrn Hauptmann oder sonst jemandem erwischen lassen. Na ja, dann muss ich eben erzählen, dass das Malheur bereits am Morgen passiert und der Verband von meinem harten Arbeitstag schon etwas mitgenommen ist.

Dine bedauert mich so sehr, dass ich schon ein richtig schlechtes Gewissen bekomme. »Tut es schlimm weh?«, fragt er und sieht mich mitleidig an. Er hat seine Brille nicht auf und ich nehme zum ersten Mal seine blauen Augen wahr.

»Nee, nee«, wiegle ich ab. »Gar nicht. War nur ein kleiner Sturz von der Trittleiter, als ich einen Schuhkarton ins Regal stellen musste.«

»Trotzdem blöd. Ein Verband, wenn es so heiß ist«, meint Dine und es fällt mir echt schwer, seinem Anteil nehmenden Blick standzuhalten.

»Klettern können wir auch nicht gehen«, seufze ich – gerade so, als ob ich irre traurig wäre, dass daraus nichts wird.

Dine macht auf einmal ein ganz komisches Gesicht.

»Also«, druckst er herum, »das muss von mir aus sowieso nicht unbedingt sein. So gut klettere ich nämlich gar nicht.« Er macht eine kurze Pause und fügt hinzu: »Ich will mich ja nicht vor dir blamieren!«

Ich bin baff. Das einfach so zuzugeben! Und ich denk mir hier sonst was aus und muss die nächsten Tage unter diesem scheußlichen Verband schwitzen!

»Eigentlich wollte ich dich ins Spaßbad einladen«, sagt Dine. »Ich hab doch die Karten gewonnen! Aber daraus wird wohl erst mal nichts.«

Mist, auf Spaßbad hätte ich heute wirklich Lust gehabt!

Sogar mit Dine! Aber klar, mit einem verstauchten Handgelenk kann ich nicht auf die 100-Meter-Rutsche.

Da hab ich mir wieder was eingebrockt.

»Willst du dich hinlegen und ausruhen?«, fragt Dine.

Ich schüttle vehement den Kopf. »Dazu ist das Wetter viel zu schön!«, widerspreche ich. Außerdem bin ich ja kerngesund! Aber das sage ich natürlich nicht.

Am Ende beschließen wir, Fotos machen zu gehen. Ich erzähle Dine von den Sommerbildern, die ich für den Fotokurs machen muss, und er ist gleich Feuer und Flamme.

»Die Kamera kann ich irgendwie auch mit einer Hand bedienen«, beteuere ich und mache mit der unverbundenen Hand ein paar Fingerübungen.

»Und wenn nicht, helfe ich dir«, verspricht Dine.

Zuerst schlendern wir ein bisschen ratlos unsere Straße entlang. Links und rechts neben dem Gehsteig parken Autos dicht an dicht.

»Hier gibt's nichts zu fotografieren«, schimpfe ich. »Man müsste am Meer sein.«

Ich erzähle Dine, dass ich noch nie am Meer war und alles dafür geben würde, endlich mal hinzukommen.

»Am Meer ist es schön«, meint Dine. »Aber um Sommerfotos zu machen, musst du nicht unbedingt hin.«

Dann zieht er seine Kamera heraus und fotografiert einen alten VW, bei dem auf einer Seite die Stoßstange herunterhängt und der überall dicke Rostbeulen hat. Es fehlt ein Reifen und die Heckscheibe hat auch einen Sprung. Dine stellt sich hinter den Wagen und drückt auf den Auslöser.

»Tolles Sommerbild«, murmle ich und schüttle genervt den Kopf. Dine scheint überhaupt nicht verstanden zu haben, worum es geht. Doch dann entdecke ich den »I love Sylt«-Aufkleber auf der Scheibe und muss lachen. Die Rostlaube kommt wahrscheinlich nicht einmal mehr in die nächste Werksatt.

»Der Karre geht's wie mir«, kichere ich und mache mit der Kamera, die ich von der Schule geliehen habe, auch ein Foto davon.

Wir finden noch eine ganze Reihe lustiger Motive. Einen Gartenzwerg, der von einem Rasensprinkler angespritzt wurde und so aussieht, als würde er schwitzen. Eine dicke Frau, die im Bikini Fahrrad fährt. Eine Haustür, an der ein Schild mit der Aufschrift »Familie Sommer« hängt. Und direkt darüber baumelt ein vertrockneter Mistelzweig mit einer roten Schleife, der wohl seit Weihnachten dort vergessen worden ist.

Zwischendrin erkundigt sich Dine immer wieder besorgt, ob mit meinem Arm auch alles in Ordnung ist und ob er nicht mal die Kamera für mich tragen soll. Aber meinem Arm geht es natürlich bestens.

Als wir genügend Bilder im Kasten haben, kaufen wir uns eine Eiswaffel und setzen uns an den Rand eines Brunnens. Kleine Engel aus Stein spucken im hohen Bogen Wasser in das Brunnenbecken.

Völlig unvermittelt steht Dine auf, zieht seine Turnschuhe aus, watet durch das knietiefe Wasser zu einem Engel und klebt ihm seine Eiswaffel als überdimensionale Nase ins Gesicht. Total kindisch, aber ich muss trotzdem lachen. Dann mache ich mein letztes Bild für heute. Dine, der im Wasser neben dem Engel mit der Eisnase steht und grinst wie ein Lausbub.

»Das werde ich ›Engel und Bengel‹ nennen«, sage ich kichernd.

Dine nickt und fügt mit plötzlichem Bedauern hinzu: »Aber irgendwie ist es auch schade ums Eis.«

Am Abend bin ich so vergnügt wie schon lange nicht mehr. Ich muss zugeben, dass der Tag wirklich nett war. Spannender auf alle Fälle als die letzte Woche mit Katharina.

»Unternehmen wir morgen wieder etwas zusammen?«, fragt Dine. Er kommt gerade aus dem Badezimmer und hat schon seine Schlafsachen an. Blau-weiß gestreifte Shorts und ein weißes T-Shirt. Es ist das erste Mal, dass ich ihn so sehe. Bis heute hätte ich gewettet, dass er in einem Mickey-Mouse-Schlafanzug pennt. Einteilig und mit Bündchen an den Ärmeln.

»Klar machen wir was«, antworte ich, als wäre es das Selbstverständlichste von der Welt.

»Klasse«, freut sich Dine und strahlt mich aus blauen Augen an. Wenn die dämliche Brille nicht wäre, sähe er eigentlich echt okay aus.

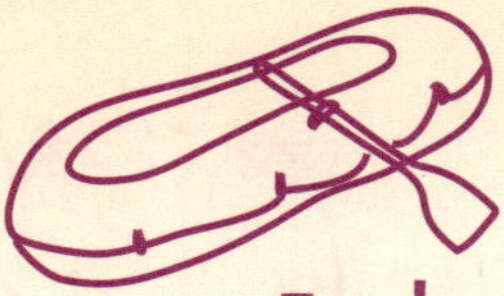

Es donnert. Und knistert.

Am nächsten Morgen ertappe ich mich dabei, wie ich beim täglichen Kaffeemachen im Sportgeschäft pfeife. »Say it right« von Nelly Furtado. Das kam in der Früh im Radio.

»Heute so fröhlich?«, fragt Mick lachend, als er an der Küche vorbeikommt. Bevor ich irgendetwas antworten kann, ist er auch schon wieder um die Ecke gebogen.

An diesem Vormittag darf ich das erste Mal Mick im Verkauf helfen. Zuerst soll ich nur zusehen und ab und zu Sachen in einer anderen Größe holen. Dann habe ich meinen ersten richtigen Kunden.

Ein Mädchen, das nicht viel älter ist als ich und eine neue Sonnenbrille kaufen will. Das Mädchen meint, dass sie ein viel zu schmales Gesicht hat und ihr eigentlich keine Brillen stehen. Ich weiß nicht, ob es ein Glücksgriff ist, jedenfalls finde ich ziemlich schnell ein Modell, das super zu ihrem Gesicht passt. Meine erste Kundin ist total begeistert und bedankt sich gleich dreimal hintereinander. Und als sie zufrieden mit ihrer kleinen Tüte abzieht, lobt mich auch noch Mick über den grünen Klee. »Du bist ja ein Naturtalent«, meint er. Ich werde wieder mal so rot im Gesicht, dass man mich als lebendiges Stoppschild an den Straßenrand stellen könnte. Aber Verkaufen macht mir wirklich Spaß.

Kurz vor zwölf spüle ich noch schnell Schmids Kaffeebecher aus, dann will ich mich eigentlich auf den Weg machen. Doch plötzlich kommt Mick in die Küche und setzt sich an den klapprigen Küchentisch. Er stützt seinen Kopf auf die Ellenbogen auf und sieht mir zu, wie ich den Becher mit dem löchrigen Geschirrhandtuch abtrockne. Dann fragt er völlig unvermittelt: »Und was machst du heute noch so?«

Mir fällt fast der Becher aus der Hand. Mick und ich haben bisher nur das Nötigste miteinander geredet. Seit wann interessiert er sich denn dafür, wie ich meine Nachmittage verbringe?

Ich erzähle ihm, dass ich einen schwedischen Gastbruder zu Besuch habe, mit dem ich verabredet bin. Eigentlich erzähle ich es mehr dem Kaffeebecher in meiner Hand, denn ich bin schon wieder so nervös, dass ich mich gar nicht traue, in Micks Richtung zu sehen.

»Na dann«, sagt Mick und steht von seinem Stuhl auf. »Viel Spaß!«

Er schnappt sich seinen Rucksack und verschwindet so plötzlich, wie er gekommen ist.

Ich dagegen stehe noch ein paar Sekunden mit offenem Mund in der Küche und wundere mich, was die Frage sollte.

Nach der Arbeit verkrümle ich mich erst mal wieder in den Fahrradkeller, um den dämlichen Verband anzulegen. Diesmal geht es schon etwas schneller und ich schaffe es, unbemerkt aus dem Keller zu schlüpfen.

Ein paar Tage werde ich die blöde Schwindelei mit dem

verstauchten Handgelenk wohl noch durchziehen müssen. Auch wenn Dine das Thema Klettern glücklicherweise abgehakt hat. Aber ich kann ja nicht von heute auf morgen wieder gesund sein und durch die Gegend hüpfen, als wäre nichts gewesen. Nur doof, dass es so heiß ist. Heute ist die Luft sogar besonders drückend. Ich fange schon beim Treppensteigen an, unter dem Verband zu schwitzen. Das war echt das letzte Mal, dass ich mir so etwas ausgedacht habe. Mama und Papa waren auch nicht gerade begeistert. Beinahe hätten sie mir den neuen Job verboten. Dann haben sie aber doch eingesehen, dass sich ein Dödel wie ich sogar beim Zähneputzen den Arm verstauchen kann.

Dine sitzt in seinem Zimmer auf dem Bett und hält ein Sandwich mit Käse, Senf, Gurkenscheiben und Tomaten in der Hand. »Hab ich mir gerade gemacht!«, sagt er und zeigt auf einen Teller mit fein säuberlich zurechtgeschnittenen Toaststücken, der auf Papas kleinem Schreibtisch steht. »Nimm dir doch bitte!«

Ich hab einen Riesenhunger und die Sandwiches sehen wirklich superlecker aus. So ein Gastbruder kann auch ganz schön praktisch sein!

»Was wollen wir denn heute machen?«, fragt Dine. »Hast du schon eine Idee?«

Auf einer Gurkenscheibe kauend gucke ich in den Himmel. Noch ist er blau, aber in der Ferne sehe ich ein paar graue Wolken, die sich gefährlich aufeinandertürmen. »Sieht so aus, als würde sich dahinten ein Gewitter zusammenbrauen. Aber das kommt bestimmt erst am Abend. Wir könnten trotzdem noch an den Baggersee gehen«, schlage ich vor und beiße in mein Sandwich.

»Und dein Arm?«, fragt Dine besorgt. »Du kannst ja gar nicht ins Wasser gehen.«

Zum Glück fällt mir jetzt die gelbe Luftmatratze ein, die ich für den Urlaub am Meer gekauft habe. Seitdem Papa mir mitgeteilt hat, dass aus dem Urlaub in Schweden nichts wird, liegt sie ganz hinten in meinem Kleiderschrank.

»Ich kann ja meine Luftmatratze mitnehmen und die Füße ins Wasser baumeln lassen«, erkläre ich. Und als ein Klecks Senf auf meinem Verband landet, füge ich grinsend hinzu: »Wenn der ein bisschen Wasser abkriegt, wird das bestimmt auch nicht schaden!«

Am See angekommen, suchen wir uns ein Plätzchen unter einem großen Ahornbaum und breiten unsere Strandtücher aus. Direkt vor den Schrebergärten, in denen sich bunte Windräder drehen. Dann fangen wir an, abwechselnd die Luftmatratze aufzublasen. Zum Glück hat Dine mich noch an Papas alten Blasebalg erinnert. In der Hitze kollabiert man ja schon, wenn man nur ein Paar Schwimmflügel mit dem Mund aufblasen muss.

Als wir fast fertig sind, höre ich es plötzlich hinter uns gackern und prusten.

»Da ist ja Emma Jakob mit ihrer schwedischen Eroberung!«, spottet eine Mädchenstimme.

»Da hat sie ja wirklich eine Superpartie gemacht!«, fällt ein anderes Mädchen ein und schüttet sich aus vor Lachen.

Dine tut so, als würde er nichts hören. Unbeirrt tritt er weiter auf den Blasebalg. So cool bin ich leider nicht. Mein Puls ist sofort auf 180. (Das ist so eine Redewendung, die meine Oma immer benützt. Und die kennt sich da aus, weil sie dreimal am Tag ihren Puls mit einem Blutdruckmessgerät misst.)

Wütend drehe ich mich um und sehe drei Mädels aus der Achten hinter dem Ahorn stehen. Die gleichen Mädels, die mich auch schon auf dem Schulfest wegen Dine ausgelacht haben. Damals war ich auch stinksauer, aber diesmal ist meine Wut anders. Denn jetzt geht es mir nicht nur um mich. Plötzlich merke ich, dass mir vor allem Dine leidtut. Ich finde, dass er es nicht verdient hat, hier in der Hitze unter einem Baum zu stehen, mühsam meine Luftmatratze aufzupumpen und dabei verspottet zu werden.

»Verpisst euch bloß!«, zische ich und meine Stimme klingt dabei gleichzeitig so leise und so drohend, dass ich damit auch in einem Western auftreten könnte.

»Lass sie einfach, die hauen bestimmt von selber ab«, flüstert Dine mir zu. Tatsächlich verduften die Mädels kurz darauf. Dine setzt sich auf die fertig aufgeblasene Luftmatratze und federt ein bisschen auf und ab. Er tut so, als ob gar nichts gewesen wäre. Vergnügt sieht er mich an und fragt: »Was ist, springen wir jetzt ins Wasser? Mir ist schrecklich heiß.«

Ich gehe gar nicht auf den Vorschlag ein. »Wehrst du dich denn nie, wenn dich jemand ärgert?«, frage ich Dine fast schon ärgerlich und stütze dabei die Hände in die Hüften.

»Doch«, sagt Dine. »Aber so schnell lasse ich mich einfach nicht ärgern.« Er nimmt seine Brille ab, steht auf und watet ins Wasser.

Ich schnappe mir meine Luftmatratze und laufe hinter Dine her. Nebeneinander paddeln und schwimmen wir in die Mitte des Sees. Mein verbundener Arm liegt faul und breit auf der Luftmatratze, während sich der andere wie blödsinnig abmüht, den Kurs zu halten.

»Sag mal, siehst du ohne deine Brille überhaupt etwas?«, frage ich Dine atemlos, als wir schon ziemlich weit weg vom Ufer sind.

Dine guckt mich so an, als hätte ich ihn gefragt, ob er lesen kann.

»Klar sehe ich was«, antwortet er dann. »Da ist doch Fensterglas drin.« Er sagt das so, als ob es das Normalste von der Welt wäre, sich freiwillig und völlig grundlos eine potthässliche Brille mit Fenstergläsern auf die Nase zu setzen.

Ich sage erst einmal gar nichts. Ich bin total sprachlos. Mittlerweile fand ich Dine ja wirklich nett. Aber jetzt frage ich mich doch, ob er noch ganz richtig im Kopf ist.

Schweigend treibe ich auf meiner Luftmatratze dahin und denke darüber nach, wie schwerwiegend Dines Dachschaden wohl sein mag.

Dine sagt auch kein Wort. Aber er bleibt dabei die ganze Zeit in meiner Nähe. Er scheint zu merken, wie irritiert ich bin. Denn irgendwann fängt er doch wieder an zu reden.

»Die Brille hat meinem Opa gehört«, erzählt er, während er weiter geradeaus schwimmt. »Einem echt tollen Mann, der immer sein Ding gemacht und alles total gelassen gesehen hat.« Er krault ein Stückchen auf dem Rücken und fügt hinzu: »Wenn ich die Brille aufhabe, fällt es mir leichter, genauso cool und gelassen zu bleiben. Gerade eben zum Beispiel.«

Ich drehe mich zur Seite und sehe Dine in die Augen. Durch die Sonne, die sich auf der Wasseroberfläche bricht, sehen sie noch blauer aus als sonst. Blauer als Micks Augen sogar. Geradezu wahnsinnig blau.

Es liegt mir auf der Zunge, ihm zu sagen, dass er ohne seine komische Brille vermutlich generell weniger Probleme hätte. Aber ich verkneife es mir.

»Du hast echt 'ne Meise«, sage ich stattdessen und grinse. »Aber ich kann euch beide ganz gut leiden.«

Wir schwimmen gerade wieder ans Ufer, als ich in der Ferne ein leises Donnergrollen höre. Das Wolkengetümmel, das ich vorhin schon beobachtet habe, ist noch dichter geworden und auch über uns zieht sich der Himmel langsam zu.

Die drückende Hitze ist verschwunden. Eine kühle Brise begrüßt mich, als ich aus dem Wasser steige, und lässt mich in meinem nassen Bikini frösteln.

»Wir sollten uns beeilen«, sage ich zu Dine. »So ein Gewitter kann schneller kommen, als man denkt.«

Dine nickt und stopft sein Badetuch in die Tasche. Er zieht sein T-Shirt über und lässt seine Badeshorts einfach an. Die sehen ja auch aus wie kurze Hosen. Ich dagegen stehe im nassen Bikini da und frage mich, wie ich den vor Dines Augen loswerden soll. Normalerweise lasse ich mich immer mitsamt Badesachen in der Sonne trocknen. Aber jetzt ist keine Sonne mehr da und anlassen kann ich die Sachen auch nicht, weil ich sonst Flecken auf meinen Bermudas bekomme. Gerade so, als hätte ich in die Hose gemacht. Also setze ich mich auf den Boden, breite mein Handtuch über mich und fange an, unter umständlichen Verrenkungen die Hose und das Oberteil auszuziehen und die trockenen Sachen überzustreifen. Das sieht nicht nur albern aus, es dauert auch noch länger, als ich dachte. Als ich gerade fertig bin, fallen auch schon die ersten Tropfen, und in dem Moment, in dem ich mir meine Badetasche über die Schulter hänge, prasselt der Regen richtig los.

Der Himmel ist plötzlich bedrohlich schwarz und ein kalter Wind zerzaust mir die Haare. Sofern es da noch etwas zu zerzausen gibt.

»Wenn wir jetzt losfahren, sind wir, bis wir zu Hause sind, klatschnass«, meint Dine und richtet den Blick gen Himmel. Ein paar Regentropfen landen direkt auf seinen Brillengläsern.

»Dann hätte ich den Bikini auch ebenso gut anlassen können«, gebe ich zurück und verziehe meinen Mund zu einem Grinsen. Aber eigentlich ist mir gar nicht nach Grinsen zumute. Gewitter machen mir nämlich Angst. Ich würde das nie zugeben, aber seitdem Marlenes Bruder uns Horrorgeschichten von orientierungslos herumirrenden Kugelblitzen erzählt hat, ertrage ich ein Unwetter wie dieses am liebsten im sicheren Schutz meiner Bettdecke. Und die ist jetzt weit weg.

»Wir könnten uns bei dem Kiosk da drüben unterstellen und warten, bis der Regen vorbei ist«, schlage ich vor und zittere nicht nur vor Kälte. Hoffnungsvoll füge ich hinzu: »Das geht manchmal auch schneller, als man denkt.«

Dine ist einverstanden und wir sprinten mit der Luftmatratze und unseren Taschen unterm Arm los.

Doch der Kiosk ist schon geschlossen, die Betreiber sind bereits weggefahren. Dine und ich sind auf einmal die einzigen Menschen am See, der mittlerweile über und über von dichten weißen Schaumkronen überzogen ist.

An einer Seite des kleinen Holzhäuschens ragt das Dach etwas weiter heraus. Dine zeigt auf die Stelle. »Komm, wir setzen uns darunter!«, schreit er gegen den Wind, nimmt meine Hand und zieht mich hinter sich her. Wir kauern uns auf den Boden und Dine hält die Luftmatratze wie ein Schutzschild über uns. Der Regen trommelt mit seinen abertausend Fingern auf das Gummi, doch wir sitzen einigermaßen im Trockenen.

Dine lächelt mir zu und sagt irgendetwas, das ich nicht verstehe, weil es in diesem Moment ohrenbetäubend laut donnert. Ich zucke zusammen und rutsche noch ein Stückchen näher an ihn heran. Jetzt kann ich seine warme Schulter ganz dicht neben meiner spüren. Irgendwie muss ich bei seinem Geruch an kleine Kätzchen denken. Kleine Kätzchen im Heu. Warm, süß und sauber. Am liebsten würde ich meine Nase ganz tief in seine weichen Locken graben.

Wie lange wir so nebeneinandersitzen, kann ich gar nicht sagen. Zehn Minuten? Vielleicht auch eine Viertelstunde.

Als der Regen nachlässt und das Trommeln auf der Luftmatratze schließlich verstummt, rappeln wir uns langsam auf und laufen auf den nassen Straßen zurück nach Hause.

Überall auf den Wegen sind riesige Pfützen, über die wir springen müssen. Wir lachen und albern herum und stellen uns vor, dass wir zwei Schiffbrüchige im Wattenmeer sind.

Mein Hosenboden ist doch noch nass geworden, aber das kümmert mich im Moment gar nicht.

»Puh, jetzt haben wir's endlich geschafft!«, sage ich zu Dine, als wir in unsere Straße einbiegen.

Aber eigentlich finde ich es zum ersten Mal in meinem Leben schade, dass ein Unwetter so schnell vorübergezogen ist.

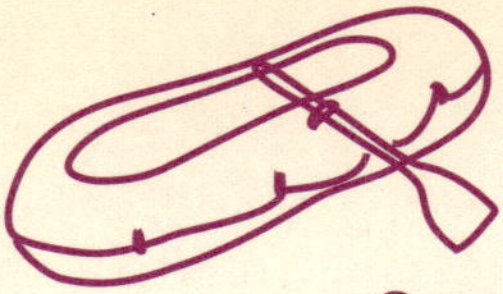

Sonnenbrand und heiße Komplimente

Als ich zu Hause im Bad mein feuchtes T-Shirt ausziehe, fühlt sich mein Rücken an, als hätte jemand Juckpulver in meine Klamotten gestreut. Vor gar nicht allzu langer Zeit hätte ich jetzt Dine verdächtigt, aber mittlerweile weiß ich ja, dass nicht alle Jungs ständig zu albernen Streichen aufgelegt sind.

»Sonnenbrand«, konstatiert meine Mama, die gerade die Schmutzwäsche ins Bad bringt.

Sie hat recht, meine Haut ist knallrot. Nur mein Bikiniträger zeichnet sich als weißes Muster darauf ab. Sehr schick. Passt hervorragend zu der Haut unter meinem Verband, die jetzt ja auch schon den zweiten Tag keine Sonne abbekommen hat.

»Mist«, stöhne ich und tippe mit dem Finger auf meine Schulter. Ein kreideweißer Fleck erscheint für ein paar Sekunden an der Stelle und brennt wie Hölle.

»Nicht eingecremt?«, fragt Mama und stopft mit gerümpfter Nase Papas alte Socken in die Waschmaschine.

»Vergessen«, gebe ich zurück. In Wirklichkeit habe ich sehr wohl daran gedacht. Aber es war mir zu peinlich, Dine zu fragen, ob er mir den Rücken einschmiert.

»Ich hol dir einen Becher Joghurt, dann kannst du dir eine Maske auftragen«, schlägt Mama vor und macht sich auf den Weg in die Küche. »Deine Nase sieht übrigens auch verdächtig rot aus!«, ruft sie mir noch zu, als sie schon im Flur ist.

Na super. Etwas Attraktiveres als Joghurtpampe im Nacken und im Gesicht kann ich mir echt nicht vorstellen.

So muss mich Dine ja nun wirklich nicht sehen, denke ich und erschrecke im selben Moment darüber. Hilfe, was ist das denn? Wenn ich jetzt schon anfange, mich vor Dine zu schämen, ist echt Alarmstufe Rot angesagt!

»Gefällt dir dieser komische Vogel mit seiner Eulenbrille vielleicht?«, frage ich mein Spiegelbild.

»Ach was, da gackern ja die Hühner!«, kommt prompt die Antwort.

Ich versuche, mir einzureden, dass ich vorhin unter der Luftmatratze auch an jeden anderen so dicht rangerutscht wäre. Das lag nur an meiner Angst vor den Kugelblitzen, sage ich mir selbst und schmiere zum Beweis eine extradicke Schicht Joghurt in mein Gesicht.

So. Fertig. Tatata! Einmal Emma an feiner Joghurtcreme.

Dann beeile ich mich aber doch, in mein Zimmer zu kommen. Blitzschnell sperre ich die Tür hinter mir zu. Auch wenn Dine mich einen Pfifferling interessiert: So sehen muss er mich ja trotzdem nicht!

Zum Abendessen erscheine ich frisch gewaschen und nach Aprikosenduschgel duftend. Meine Haut ist immer noch rot und zieht wie ein Spannbetttuch auf einem zu großen Bett.

»Morgen hast du Sonnenverbot!«, sagt Mama.

»Schon klar«, antworte ich widerwillig.

Mama und Dine haben zusammen gekocht. Es gibt Kräuteromelett mit Salat. Als ich Dine um Nachschlag bitte, lächelt er so süß, dass ich mir glatt meinen Salatteller auf die Hose kippe und knallrot anlaufe.

»Seit wann ist dir so was denn peinlich?«, fragt Papa auch noch. Und macht die Sache noch peinlicher, als sie sowieso schon ist.

Nach dem Essen gehen Mama und Papa zusammen ins Kino. Dine und ich sind zu k. o. Wir gucken noch eine Weile fern, aber es kommt nur Blödsinn. Ich zappe von Kanal zu Kanal und mache irgendwann die Glotze aus.

»Morgen kann ich ja leider nicht in die Sonne. Es macht mir aber nichts aus, wenn du ohne mich was unternimmst«, sage ich zu Dine, bevor wir uns ins Bett verabschieden. Aber ehrlich gesagt fände ich es echt schade, wenn wir den Tag nicht wieder miteinander verbringen würden.

»Quatsch«, antwortet Dine, als könnte er Gedanken lesen. »Ich bleibe bei dir. Und vielleicht regnet es ja auch.«

Am nächsten Morgen weckt mich die Sonne schon um halb sieben. Der Himmel ist strahlend blau und kein einziges Wölkchen in Sicht. Obwohl ich davon heute nicht viel haben werde, springe ich gut gelaunt aus den Federn. Dine und mir wird schon etwas Lustiges einfallen, wie wir den Nachmittag rumkriegen.

Doch dann kommt erst mal alles anders.

Der Vormittag verläuft noch verhältnismäßig normal. Schmid schlendert muffig durch die Gegend und Mick grinst wie immer, als hätte er eine Mondsichel zwischen den Lippen klemmen.

Neu ist allerdings, dass Mick so komische Anwandlungen an den Tag legt. Schon am frühen Vormittag steht er plötzlich ganz dicht hinter mir. Er riecht ausnahmsweise mal nicht nach Aftershave und ich bin schon total erleichtert, weil mich sein Duft immer so aus der Fassung bringt. Doch dann flüstert er plötzlich in mein Ohr, wie niedlich er meine Zahnlücke findet. Und auf einmal fühle ich mich doch wieder ganz duselig.

Zuerst bin ich mir nicht sicher, ob Mick mich auf den Arm nehmen will. Doch als er später noch einen drauflegt und sagt, wie süß er es findet, wenn meine Zunge beim Sprechen gegen die Zähne stößt, bin ich mir ganz sicher: Das kann nur eine Verarschung sein! Schließlich kann kein Mensch der Welt meinen grässlichen Sprachfehler tatsächlich süß finden! Und schon gar nicht ein Typ wie Mick, der rundum so ganz und gar perfekt ist.

Ich denke an Dine und versuche, es gelassen zu nehmen. Aber offensichtlich fehlt mir dazu die Brille von seinem Opa. Als Mick sagt, dass er sich an meinem Lächeln heute gar nicht sattsehen könne, beschließe ich, zurückzuschießen. Nur weil Mick aussieht wie ein Unterhosenmodel, braucht er sich nicht einzubilden, er könnte sich ungestraft über mich lustig machen!

»Ich steh total auf Jungs mit ungewaschenen Haaren«, zische ich ihm zu, kurz bevor ich mich auf den Weg mache.

Mick grinst fast noch breiter als sonst und ich ärgere mich, dass mir auf die Schnelle keine schlimmere Beleidigung eingefallen ist.

Die größere Überraschung wartet dann allerdings vor dem Sportgeschäft auf mich. Katharina steht dort. Sie ist tipptopp gestylt wie immer und trägt wieder ihre ultracoole, riesengroße Pilotenbrille. Ich begrüße sie kurz und will dann schon weitergehen, weil für mich völlig klar ist, dass sie mit Mick verabredet ist. Aber Katharina hält mich zurück. Sie umklammert meinen Arm und fleht mich fast an:

»Kannst du kurz mit mir mitkommen? Wirklich nur kurz!«

»Äh … ja … klar …«, stottere ich und Katharina zieht mich mit sich, bevor Mick aus dem Laden kommt.

»Kurz« ist, wie ich am eigenen Leib erfahren muss, ein sehr relativer Begriff. Zwei Stunden sitze ich mit Katharina auf einer schattigen Bank im Stadtpark und höre ihr zu. Schon als Katharina ganz am Anfang ihre Brille abnimmt, um sie zu putzen, ahne ich, dass es nicht so schnell gehen wird. Ihre Augen sind rot und die Lider geschwollen. Ich finde, sie sieht trotzdem noch immer bilderbuchhübsch aus. Wie eine tragische Märchenprinzessin.

»Mick hat heute gar nicht gefragt, ob wir uns am Nachmittag sehen wollen«, fängt Katharina an zu erzählen und ein ganzer Sturzbach an Tränen strömt aus ihren Augen.

»Entschuldigung«, schnieft sie. »Aber ich muss mich einfach irgendwo ausheulen.«

»Wein nur«, sage ich mitfühlend. »Das hilft bestimmt.«

Katharina tut mir wirklich leid. So aufgelöst habe ich sie noch nie gesehen. Ich lege meinen Arm um ihre Schulter, höre ihr aufmerksam zu, nicke verständnisvoll – und ab und zu gucke ich auch auf die Uhr. Dine wundert sich bestimmt schon, wo ich bleibe.

Katharina wiederholt sich immer wieder. Sie sagt jetzt schon zum siebten Mal, dass sie nicht weiß, ob Mick sie noch mag. Ob er sich heute irgendwie komisch verhalten hat?

»Nö«, schwindle ich. »Eigentlich war er wie immer.«

Dass Mick mich in einem fort beleidigt hat, muss Katharina ja nicht wissen. Das hat ja nichts mit ihr und ihrem Liebeskummer zu tun.

»Ach, es tut mir leid, dass ich dich so vollheule und um Rat frage«, sagt Katharina irgendwann. »Dabei hast *du* ja leider überhaupt keine Erfahrung mit der Liebe.« Sie seufzt, wie eine Großmutter, die ja ach so viel Mal mehr Lebensweisheit hat als ich.

In diesem Moment finde ich, dass ich für heute genug getröstet und Schultern gehalten und zugehört habe.

»Ich muss jetzt los, Katharina«, sage ich und stehe auf. Es ist bereits kurz nach zwei.

»Zu Dine?«, fragt Katharina spöttisch.

»Genau, zu Dine«, antworte ich knapp und schwinge mich auf mein Rad.

Ich bin mir sicher, dass mit Mick und Katharina wieder alles in Ordnung kommt. So ein Mädchen wie Katharina lässt doch keiner sitzen. Ganz kurz muss ich an ihren spöttischen Blick gerade eben denken und daran, wie Mick mich heute hochgenommen hat. Klar, sage ich mir, das mit den beiden wird schon wieder. Die passen einfach viel zu gut zusammen.

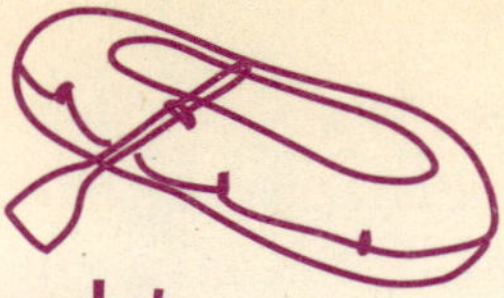

Gestrandet

Als ich die Wohnungstüre aufmache, höre ich den Fernseher laufen. Ein sonores Brummen liegt in der Luft – klingt ganz nach einem Autorennen. »Ich bin wieder da!«, rufe ich laut und streife meine grünen Schlangenleder-Sandalen ab. Aus dem Wohnzimmer kommt keine Antwort. Verwundert mache ich mich auf die Suche nach Dine. Ich finde ihn vor dem Fernseher. Sein Kopf ist zur Seite auf die Sessellehne gesunken. Die Fernbedienung liegt vor ihm auf dem Boden. Dine schläft. Er ist beim Warten auf mich eingeschlafen. Aus irgendeinem Grund finde ich das entsetzlich rührend.

Auf Zehenspitzen schleiche ich mich ins Zimmer und setze mich ihm gegenüber aufs Sofa. Dine atmet ganz regelmäßig, sein Mund ist geschlossen. Eigentlich sieht er richtig hübsch aus. Er hat sanft geschwungene Wimpern, eine glatte Haut, volle Lippen ... und – o Schreck – kornblumenblaue Augen, die sich genau in diesem Moment öffnen! Dine sieht mich schlaftrunken und leicht verdattert an. Ich wende schnell meinen Blick ab, aber es ist klar, dass Dine gemerkt hat, wie ich ihn angestarrt habe! Peinlich, peinlich!

»Hallo«, begrüße ich ihn verlegen. »Wer liegt vorn?« Ich zeige auf die Rennwagen, die im Fernsehen unablässig ihre

Runden drehen. Als ob Dine das wissen könnte! Und als ob mich das interessieren würde!

Dine reibt sich die Augen und starrt auf den Fernseher, als würde er tatsächlich herausfinden wollen, wer das Rennen macht.

»Keine Ahnung!«, sagt er nach einer Weile. »Aber es ist sowieso nur 'ne Wiederholung.«

Er wirkt so, als käme er vom Mars und wäre gerade eben erst auf der Erde gelandet.

»Macht nichts«, sage ich und muss kichern, weil Dines Haare an der Seite so süß nach oben stehen. Er sieht ganz zerknautscht aus.

»Tut mir übrigens leid, dass ich so spät dran bin. Katharina hat wieder Liebeskummer ...« Obwohl es diesmal stimmt, dass Katharina Liebeskummer hat, fühlt sich der Satz auf meiner Zunge wie eine schale Ausrede an.

»Kein Problem«, meint Dine. Dann macht er auf einmal ein ganz verdutztes Gesicht. »Wo ist denn dein Verband?«, fragt er und weist auf meinen Arm. Der Verband! Mist! Den habe ich in der Aufregung um Katharina ganz vergessen!

»Ohhh ... äh ... also ...«, stammle ich und suche in jeder verdammten Windung meines Gehirns nach einer Ausrede. Ich finde keine.

»Also weißt du ...«, sage ich dann und gucke auf die Marmorplatte unseres Couchtischs. Ein paar Chipskrümel liegen darauf.

»Du hast dir den Arm gar nicht verstaucht, oder?«, fragt Dine jetzt. Ich picke die Chipsreste von der Tischplatte und antworte nicht.

»Du wolltest nur nicht klettern gehen, stimmt's?«, fragt Dine weiter.

Jetzt sehe ich ihm in die Augen. Er sieht gar nicht vorwurfsvoll aus. Eher so, als müsste er jeden Moment loslachen.

»Ich kann gar nicht klettern«, murmle ich. »Und tiefseetauchen auch nicht.«

»Mann o Mann, Emma«, sagt Dine nur und schüttelt mit einem schiefen Grinsen auf den Lippen den Kopf.

Dann erzählt er, dass er sich das schon die ganze Zeit gedacht hat. Weil der Verband so merkwürdig gebunden war. Und weil ich auch gar nicht auf meinen Arm geachtet habe.

Eigentlich finde er es lustig, wenn sich Leute solche Geschichten ausdenken. Dass sie klettern können oder dass sie einen steinreichen Onkel in Amerika haben oder dass sie schon mal in einer Rakete gesessen sind. So was eben. Viele hätten sonst ja gar nichts zu erzählen.

»Aber wenn das jemand nicht nötig hat«, meint Dine schließlich, »dann doch du!«

Dabei sieht er mir so fest in die Augen, dass mir fast schwindlig wird.

Es ist ja nett von ihm, so was zu sagen. Vor allem weil ich mich selber immer für ungefähr so spannend wie eine Doppelfolge Teletubbies gehalten habe. Aber jetzt würde ich trotzdem gern das Thema wechseln.

»Und was machen wir nun?«, frage ich kleinlaut, damit wir endlich über etwas anderes reden können.

»Der Sonnenbrand ist doch echt, oder?«, kichert Dine.

»Nein, das ist Wasserfarbe«, antworte ich und verdrehe die Augen. »Natürlich ist der echt!«

»Dann gehen wir jetzt *hier* an den Strand!«, verkündet Dine und kichert schon wieder.

»An den Strand? Hier?«, frage ich verwundert.

»Du warst doch noch nie am Meer«, stellt Dine fest. Ich nicke und bin total erstaunt, dass Dine sich das gemerkt hat. Ich hatte ja nur ein Mal nebenbei erwähnt, wie gerne ich diesen Sommer ans Meer gefahren wäre.

»Na ja«, fährt Dine fort. »Da hab ich uns eben ein bisschen Strand hierhergeholt. Komm mit!«

Er steht auf und spaziert in die Küche. Ich folge ihm neugierig.

Dine öffnet die Balkontür und strahlt über das ganze Gesicht.

»Voilà, einmal Strand für Emma!« Mit einer ausladenden Handbewegung winkt er mich hinter sich her nach draußen.

Völlig verdattert starre ich auf die kleine Sandfläche auf unserem Balkonboden. Weißer, krümeliger Sand, auf dem Dine ein großes blau-weiß gestreiftes Handtuch ausgebreitet hat. Rundherum liegen bunte Muscheln und auf einem Tablett stehen zwei meerwasserblaue Cocktails. Das Süßeste ist aber eine kleine weiße Möwe, die Dine aus Papier ausgeschnitten und an einem langen Faden am Balkon über uns befestigt hat. Ich bin so platt, dass ich kein Wort rausbringe.

Dine scheint mein Schweigen völlig falsch zu interpretieren. Mit hängenden Schultern meint er: »Wenn es dir nicht gefällt, können wir den Sand auch gleich wieder wegräumen. Das geht ganz schnell. Guck, ich habe eine Plane untergelegt …«

»… Nein, nein«, unterbreche ich ihn. »Ich finde es total super, ehrlich!«

Schnell lasse ich mich auf das Handtuch fallen, bevor Dine den Sand mitsamt Plane wieder wegräumen kann.

»Aber die Eiswürfel in den Fruchtcocktails sind in der Zwischenzeit leider geschmolzen«, erklärt Dine bedauernd und spannt den großen Sonnenschirm auf, damit ich auch ja im Schatten sitze.

»Macht überhaupt nichts«, antworte ich und hebe mein Glas. »Auf einen tollen Nachmittag am Strand!«

Dine berichtet, dass er den Sand heute Morgen vom Spielplatz geholt hat. Schon ziemlich früh, als nur wenige Kinder mit ihren Müttern da waren. Und die haben nur gelacht, als er mit drei Tüten voll Sand abgezogen ist und versprochen hat, ihn bald wieder zurückzubringen. Seine Wangen fangen an zu glühen, als er mir von den Vorbereitungen erzählt. Wenn ich daran denke, wie viel Mühe er sich gegeben hat und wie lange er auf mich warten musste, tut er mir richtig leid. Am liebsten würde ich ihn kurz umarmen.

Dine setzt sich zu mir auf das Handtuch. Er hält ein Päckchen mit Fotos in der Hand.

»Meer konnte ich leider keines herholen«, kichert er. »Aber dafür habe ich ein paar Bilder davon.«

»Zeig mal!« Neugierig nehme ich ihm das Päckchen aus

der Hand. Es sind Bilder von der kleinen Insel, auf der das Ferienhaus von Dines Familie steht. Seine kleine Schwester Frida mit Schwimmflügeln am Strand. Seine Eltern vor dem kleinen dunkelroten Ferienhaus. So kauzig wie Dine sieht keiner von ihnen aus. Dines Schwester ist sogar richtig süß. Hellblond mit Sommersprossen.

»Weißt du, wie es deiner Familie geht?«, frage ich und sehe dabei auf ein Foto von seiner Mutter. Ich finde, sie hat ein total interessantes Gesicht – und Dines Augen!

»Klar«, meint Dine. »Ich rufe sie jeden Morgen mit dem Handy an. Meine Schwester hat fürs Zeltlager auch eins bekommen.«

Er erzählt mir, dass es seiner Mama eigentlich ganz gut geht und dass sie sogar bald nach Hause darf. Und dass Frida zwar manchmal Heimweh hat, aber trotzdem viel Spaß.

»Wärst du nicht lieber bei deiner Familie geblieben?«, will ich wissen.

»Doch, schon.« Dine nickt. »Aber meine Eltern meinten, dass wir mal rausmüssten. Auf andere Gedanken kommen und was Schönes erleben.«

Dine redet nicht weiter. Ich nehme eine Handvoll Spielplatzsand und lasse ihn langsam zwischen meinen Fingern hindurchrieseln.

»Die erste Woche war ja nicht so toll«, gebe ich dann kleinlaut zu.

»Ach, das war schon okay«, wiegelt Dine ab. »Ich bin ja kein Baby, um das man sich rund um die Uhr kümmern muss.«

Er zeigt mir die Bilder, die er letzte Woche geschossen und heute vom Entwickeln geholt hat.

Vom Schulfest und von unserer kleinen Stadt. Es sind wirklich tolle Fotos dabei.

»Du hast echt einen guten Blick. Macht das die Brille?«, frage ich ihn kichernd, ziehe ihm vorsichtig das Gestell von der Nase und setze die Bügel auf meine Ohren.

Es ist ziemlich schwer und drückt ein bisschen, aber nach einer Weile gewöhne ich mich dran.

»Klar, das ist eine Zauberbrille!«, lacht Dine. Dann fügt er hinzu: »Guck doch mal! Durch die kann man sogar das Meer sehen, wenn gar keines da ist!«

»Ganz eindeutig!«, stimme ich grinsend zu.

»Nur Meersalz kann man keines auf den Lippen schmecken«, meint Dine.

Ich strecke ihm mein leeres Glas entgegen. »Dafür schmeckt das nach mehr! Aber mit h!«, sage ich und bin mächtig stolz, dass mir so was Schlagfertiges eingefallen ist.

Der Cocktail ist echt lecker. Dine hat vier verschiedene Fruchtsäfte zusammengemixt und die blaue Lebensmittelfarbe extra bei Karstadt besorgt. Er holt eine Karaffe mit Nachschlag aus dem Kühlschrank. Als er sich wieder neben mich setzt, stellen wir fest, dass sich der Himmel schon wieder zuzieht. Nur direkt über uns ist noch ein schmaler blassblauer Streifen zwischen den Wolken zu erkennen.

»Bestimmt regnet es bald wieder«, vermute ich.

»Ist doch gut«, findet Dine. »Dann kriegst du auch bestimmt keine Sonne ab.«

Er sitzt ein Stückchen dichter bei mir als vorhin. Hm, Kätzchengeruch, denke ich. Als mein Fuß aus Versehen an Dines Wade stößt, erschrecke ich kurz. Aber ich ziehe ihn nicht zurück. Ganz still sitzen wir nebeneinander. Keiner von uns sagt ein Wort. Aber es ist kein unangenehmes Schweigen. Obwohl in der Luft eine komische Spannung liegt, wie oft vor einem Gewitter.

Als der Wind einsetzt und die Blätter in den Bäumen anfangen zu rascheln, sagt Dine leise: »Da kommt ja auch schon wie bestellt das Meeresrauschen.«

Ich drehe meinen Kopf zur Seite. Jetzt ist Dines Gesicht ganz dicht vor mir. Er lächelt, nimmt mir die Brille von der Nase und legt sie neben mir in den Sand.

Und dann küssen wir uns. Ich weiß nicht, ob es ganz viele Küsse sind oder eigentlich nur ein einziger, unglaublich langer. Irgendwann liegen wir ganz im Sand, das Handtuch über uns. Unsere Beine sind ganz verknotet.

Dine flüstert mir zu, dass er Sand in den Ohren hat. Wir lachen und küssen uns weiter.

Gerade als ich mir wünsche, dass es ewig so weitergehen möge, höre ich, wie die Wohnungstür aufgeht und meine Eltern nach Hause kommen.

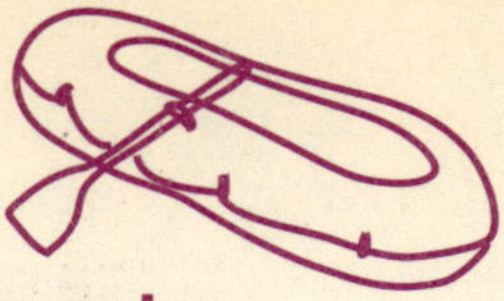

Der Tag danach

Später stehe ich vor dem Spiegel und mustere eingehend mein Gesicht. Fast ein bisschen enttäuscht stelle ich fest, dass ich genau so aussehe wie heute Morgen. Bis auf ein paar Stellen an meinem Nacken, an denen die verbrannte Haut angefangen hat, sich scheußlich zu schuppen. Aber das kommt bestimmt nicht vom Küssen.

Na ja, vielleicht ist es auch besser, wenn man mir meinen allerersten Kuss nicht ansieht. Meine Eltern haben vorhin zum Glück auch nichts gemerkt. Als sie in die Küche kamen, saßen wir so brav auf dem Balkon wie zwei Klosterschüler.

Beim Abendessen treffen sich Dines und meine Blicke ständig. Ich bin ganz komisch aufgekratzt. Könnte kichern, rot werden und ihn umarmen zugleich. Dine wirkt viel ruhiger. Eine fast feierliche Stimmung geht von ihm aus. Ob es für ihn auch der erste Kuss war?

Wir sind gerade beim Nachtisch, als wieder mal das Telefon klingelt. »Bestimmt für mich«, sage ich und lecke einen Rest Vanilleeis von meinem Löffel ab.

Ich ahne gleich, dass es Katharina mit Neuigkeiten von der Liebesfront ist. Und der Verdacht bestätigt sich voll.

»Mick hat ... Mick hat ... hat Schluss gemacht«, schluchzt sie in den Hörer.

»Oh«, mache ich. Eigentlich habe ich eine freudestrahlende Katharina erwartet, die mir berichtet, dass wieder alles in bester Ordnung ist. Es passt irgendwie gar nicht, dass jemand so leidet, während ich auf Wolke sieben dahingleite.

»Und er hat nicht mal einen Grund gesagt«, schnieft Katharina. Ich höre, wie sie mit einem Päckchen Taschentücher raschelt. Dann putzt sie sich laut und ausgiebig die Nase.

Ich weiß überhaupt nicht, was ich sagen soll. In meinem bisherigen Weltbild hatten Mädchen wie Katharina weder laufende Nasen noch Liebeskummer. Mädchen wie Katharina hatten für mich bisher immerzu ein Lächeln im Gesicht und mindestens zehn Typen an jedem Finger, die sie nacheinander mit einer lässigen Handbewegung und einem herablassenden *»Nein Danke«* abschüttelten.

»Kannst du nicht morgen nach der Arbeit zu mir kommen?«, fragt Katharina jetzt und schnaubt schon wieder in ihr Taschentuch.

Ich weiß zwar nicht, wie ich Katharina helfen soll. Und eigentlich würde ich mich natürlich viel lieber mit Dine treffen und unseren Kuss fortsetzen. Aber ich bringe es einfach nicht übers Herz, ihr abzusagen.

Also atme ich tief ein und verspreche ihr, zu kommen.

»Gehen wir morgen ins Spaßbad?«, fragt Dine, als ich mit hängenden Schultern zurück in die Küche schlendere.

»Ich würde so gern«, beteuere ich. »Aber ich muss schon wieder zu Katharina. Es geht ihr echt schlecht.«

Ich hoffe, dass Dine merkt, wie schwer mir die Absage fällt. Und tatsächlich legt er mir ganz kurz die Hand auf die Schulter und sagt: »Mach dir nichts draus. Dann gehen wir eben am Freitag.«

In der Nacht wache ich ständig auf und jedes Mal habe ich Dine im Kopf. Ich träume davon, wie wir eng umschlungen die Wasserrutsche im Spaßbad hinunterrutschen. Kilometerlang. Als würde die Bahn überhaupt kein Ende nehmen.

Am nächsten Morgen wache ich viel zu früh auf. Erschöpft, aber trotzdem glücklich. Ich habe noch fast zwei Stunden, bis ich los muss. Noch im Schafanzug setze ich mich an meinen Schreibtisch und hole meine Buntstifte heraus. In letzter Zeit bin ich nicht oft zum Zeichnen gekommen. Aber jetzt ist mir so richtig danach. Ich male eine Möwe, die über ein Meer aus Herzen fliegt. Puh, ganz schön kitschig, denke ich und verstecke das Bild in der untersten Schublade meines Schreibtischs.

Mick ist heute gar nicht in der Arbeit. Er hat die Nachmittagsschicht übernommen, weil da eine Aushilfe krank geworden ist.

Ist mir ganz recht so. Dann kann ich mich wenigstens auf meine Arbeit konzentrieren und muss mir nicht wieder seine komischen Bemerkungen anhören.

Ich darf wieder im Verkauf mitarbeiten. Das mache ich

echt am liebsten. Heute läuft es besonders gut. Obwohl ich zuerst eine ziemlich schwierige Kundin habe. Eine Frau will einen Badeanzug für den Urlaub kaufen und jammert dabei die ganze Zeit, dass sie viel zu dick ist. Sie hat zwar wirklich ganz schöne Wienerwurstbeine, aber wir finden trotzdem einen Badeanzug, in dem sie nicht so aussieht, als müsste man sie nur noch mit Ketchup bestreichen und zwischen zwei Semmelhälften packen.

Außerdem bringe ich im Laufe des Tages noch zwei Paar Laufschuhe, eine Taucherbrille samt Schnorchel und Flossen, ein Sandspielzeug-Set, einen Aerobic-Anzug und zu guter Letzt auch noch ein Snowboard (mitten im Sommer!) an den Mann.

»Du stellst dich gar nicht so schrecklich blöd an«, grummelt Schmid. Ich glaube, es soll ein Kompliment sein.

Vielleicht mache ich ja mal meinen eigenen Laden auf. Natürlich kein Sportgeschäft, sondern eine Modeboutique. Da kann ich dann unter anderem auch meine selbst geschneiderten Klamotten verkaufen. Unter dem Label Emma J. Das »J« müsste man natürlich Englisch aussprechen: »Emma Jay«. Klingt doch gar nicht so übel.

Um zwölf mache ich mich auf den Weg zu Katharina.

Wenn ich ein Handy hätte, könnte ich Dine jetzt wenigstens eine SMS schreiben. Dass ich mich auf morgen freue. Oder dass ich an ihn denke. Irgend so etwas. Zu meinem 14. Geburtstag wünsche ich mir definitiv eins.

Katharina wohnt in einem der schicken Häuser am Stadtrand. Zwei Buxbäume stehen links und rechts der weißen Eingangstür mit dem goldenen Knauf. Die Fassade scheint frisch gestrichen zu sein. Sie schimmert in einem makellosen Rosa. Die Renovierungsarbeiten sind wohl so gut wie abgeschlossen. Nur auf dem Garagendach sind ein paar Handwerker mit langen Holzleisten zugange.

Katharina öffnet mir die Tür. Erleichtert stelle ich fest, dass sie heute gar nicht mehr verheult aussieht.

»Toll, dass du gekommen bist«, begrüßt sie mich. Wir gehen in ihr Zimmer und setzen uns auf den blütenweißen Teppichboden.

Kurz darauf klopft ihre Mutter an die Tür. Sie stellt ein Tablett mit selbst gemachtem Eistee zwischen uns und fragt, ob sie uns auch noch etwas zu essen bringen soll.

Katharina winkt ab und auch ich sage, dass ich keinen Hunger habe. In Wirklichkeit habe ich aber nur Angst, den teuren Bodenbelag zu versauen.

»Geht es dir schon ein bisschen besser?«, frage ich Katharina vorsichtig, als ihre Mutter wieder aus dem Zimmer gegangen ist.

Katharina nickt geheimnisvoll. »Es ist was passiert«, sagt sie und holt ein Fläschchen Nagellack aus dem Regal.

»Mit Mick?«, frage ich neugierig.

Katharina schüttelt den Kopf. Sie öffnet die Lackflasche und fängt an, ihre Fußnägel zu bepinseln. Während sie einen Nagel nach dem anderen blutrot färbt, erzählt Katharina, was geschehen ist.

Bei den Handwerkern, die das Haus renovieren und gerade das Garagendach neu abdecken, sei ein toller Typ namens Tom dabei. So ein total muskulöser Junge, braun gebrannt und überhaupt. Mit dem hätte sie sich schon ein paarmal unterhalten. Und heute hätte er sie gefragt, ob sie nicht mal was zusammen unternehmen wollen. »Super, oder?« Katharina sieht mich erwartungsvoll an.

»Super«, sage ich mit wenig Begeisterung in der Stimme. Wenn sich Katharina schon mit dem Nächsten getröstet hat, kann ihr Liebeskummer ja nicht so tragisch gewesen sein.

Und dann könnte ich jetzt eigentlich auch mit Dine im Spaßbad herumspringen, anstatt mein Hinterteil in Katharinas albernen Plüschteppich zu drücken.

Katharina scheint zu merken, dass mich ihre Verkündigung nicht so recht vom Hocker haut.

»Der macht das auch nur als Ferienjob«, erklärt sie – als ob ich deshalb so komisch gucken würde, weil sich Katharina einen Zimmermann angelacht hat!

Ich trinke meinen Eistee aus und nehme mir vor, bei der nächsten Gelegenheit aufzubrechen.

Zuerst muss ich mir aber noch einen ausführlichen Bericht über Tom anhören. Über seine durchtrainierten Oberarme, seine strammen Waden und nicht zuletzt über seinen Knack-Po.

»Wird Zeit, dass du dir auch mal einen süßen Typen suchst, Emma«, sagt Katharina, als wir schon unten an der Haustür stehen.

»Höchste Zeit!«, antworte ich grinsend, steige auf mein Rad und verschwinde schleunigst um die Ecke.

Dine ist leider nicht mehr in der Wohnung. Vielleicht ist er baden gegangen, überlege ich und packe schnell mein Handtuch, meinen Bikini und die Sonnencreme in eine Tasche. Diesmal würde ich mich sogar trauen, Dine zu fragen, ob er mir den Rücken einschmiert.

Ich radle einmal um den ganzen Baggersee, aber von Dine ist keine Spur zu sehen. Auch sein Badetuch liegt nirgendwo. An dem Kiosk, an dem wir uns neulich untergestellt haben, kaufe ich mir ein Cornetto Walnuss. Ein kleiner Schauer jagt mir über den Rücken, als ich an den Nachmittag unter der Luftmatratze denke.

Mit dem Eis in der Hand fahre ich wieder nach Hause. Ohne Dine habe ich auch keine Lust, schwimmen zu gehen.

Zu Hause schnappe ich mir ein paar Comics, werfe mich auf mein Bett und warte auf Dine. Ich kriege überhaupt nicht mit, was ich lese, weil ich die ganze Zeit an ihn denken muss.

Um sechs kommt zuerst meine Mama, kurz darauf auch mein Papa nach Hause. Heute werden Dine und ich nicht mehr allein sein. Blöd, dass er nicht früher gekommen ist. Aber er konnte ja nicht ahnen, dass mein Einsatz bei Katharina so schnell beendet sein würde.

Um halb sieben trudelt endlich Dine ein. Er war wieder mit der Kamera unterwegs. Das habe ich mir schon gedacht.

Wir essen mit meinen Eltern zu Abend. Danach lädt uns Papa noch auf ein Eis im Café um die Ecke ein. Ich hatte heute zwar schon eine Waffel, aber bei Eis sage ich grundsätzlich nicht Nein.

Dine und ich gehen dicht nebeneinander hinter meinen Eltern her. Unsere Handrücken berühren sich. Der Asphalt ist noch warm und wir laufen ein Stückchen barfuß. Ich lasse Dine an meinem Himbeereis lecken. Das darf bei mir sonst niemand. Sogar bei Marlene ekle ich mich. Ich hoffe, Dine erkennt, was das für ein Liebesbeweis ist.

Uns in der Gegenwart meiner Eltern zu küssen, trauen wir uns natürlich nicht. Aber an Dines Blick sehe ich, dass er es genauso gern würde wie ich.

Wie gut, dass morgen auch noch ein Tag ist, denke ich, als ich schon im Bett liege.

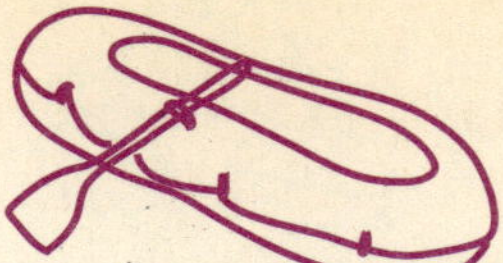

Mittendrin

Schön, dass wir heute wieder zusammen arbeiten!«, sagt Mick am nächsten Morgen und schenkt mir sein strahlendstes Grübchenlächeln. Geht das schon wieder los, ärgere ich mich und schlappe in die Küche, um Schmid den allmorgendlichen Kaffee zuzubereiten. Das kann ich inzwischen ganz gut alleine, aber Mick kommt trotzdem hinter mir her.

»Komm, ich helfe dir«, meint er und fasst zur gleichen Zeit wie ich nach der Packung mit den Kaffeefiltern. Seine warme Hand liegt plötzlich auf meiner. Und für ein paar Sekunden macht er auch keinerlei Anstalten, sie wieder wegzuziehen.

»Ich schaff das schon alleine!«, sage ich schließlich und winde mich aus seinem Griff. Mittlerweile habe ich am ganzen Körper Gänsehaut. Aber nicht, weil mir die Berührung so unangenehm gewesen wäre. Mit Erschrecken stelle ich fest, dass Micks Nähe immer noch total elektrisierend für mich ist!

Als ich später im Verkauf stehe, bin ich immer noch total verwirrt. Ich frage mich wirklich, was Mick da für ein Spielchen mit mir spielt. Ernst kann er es ja nicht meinen. Ich bin doch überhaupt nicht in seiner Liga!

Schmid scheint zu merken, dass ich nicht ganz bei der Sache bin. Er schickt mich nach hinten in das muffige Lager, um einen Karton mit neuer Ware auszuzeichnen. Na super, denke ich. Das habe ich nur Mick und seiner komischen Art zu verdanken!

Mick scheint sich allerdings keiner Schuld bewusst zu sein.

Bestens gelaunt besucht er mich ungefähr jede halbe Stunde und macht komische Witze. Einmal setzt er sich sogar neben mich und hilft mir, die kleinen Preisetiketten aufzukleben.

»Ist gerade kein Kunde da«, erklärt er.

Als wir so nebeneinanderknien, guckt er mich plötzlich von der Seite an und fragt: »Sag' mal Emma, hast du Lust, morgen mit mir ins Kino zu gehen?«

Völlig verdattert sehe ich Mick in die Augen. Diese blauen Augen, die ganz blank vor mir liegen. Und mit einem Schlag wird mir klar, dass Mick es ernst meint. Dass er mich mit seinen Komplimenten nicht auf den Arm nehmen wollte und dass er auch meines für bare Münze genommen hat!

Ohne es zu merken, bin ich mitten in einem Flirt gelandet!

In einem Flirt mit Mick, dem wahrscheinlich attraktivsten Typen der Stadt!

»Ähhh ... also ... nein ... ja«, stammle ich. »Vielleicht.«

»Um halb acht vor dem ›Filmpalast‹?«, fragt Mick und sieht mich geradezu bittend an. »Ich reserviere auch die Karten.«

Ich wackle irgendwie hilflos mit dem Kopf. Mick scheint

das als »Ja« zu verstehen. Er drückt meine Hand, sagt: »Ich freu mich«, macht sich wieder auf in den Verkaufsraum – und lässt mich in einem total unzurechnungsfähigen Zustand zurück.

Es dauert eine Weile, bis ich wieder einen klaren Gedanken fassen kann und realisiere, was gerade passiert ist.

Ich habe doch tatsächlich eine Verabredung mit Mick. Mit Mick!

Und Dine? Plötzlich bin ich mir nicht mehr sicher, ob ich wirklich in Dine verliebt bin.

Ich muss daran denken, wie ich mich über Katharina gewundert habe. Weil sie erst in Mick verknallt war und am nächsten Tag in diesen Tom. Und jetzt bin ich keinen Deut besser!

Mir wird ganz heiß, wenn ich an Dines und meinen Kuss denke. Aber bei der Vorstellung, Mick zu küssen, falle ich fast in Ohnmacht!

Dine ist etwas Besonderes, klar. Aber Mick ist – ganz objektiv betrachtet – einfach der reine Wahnsinn! Ich kann mir kein Mädchen vorstellen, das nicht auf Mick stehen würde. Eine Verabredung mit ihm auszuschlagen wäre so, als ob man auf ein Date mit Robbie Williams verzichten würde – komplett verrückt!

Ich stehe so neben mir, dass ich sogar verpasse, wie es zwölf Uhr wird. Um Viertel nach kommt Schmid ins Lager.

»Das nenne ich wahren Einsatz!«, trompetet er. »Und der will natürlich auch belohnt werden!« Er fuchtelt mit einem Umschlag vor meiner Nase herum. »Es ist Ende Juli! Du bekommst deine erste Gehaltsabrechnung und einen Scheck!«

»Oh, danke«, sage ich überrascht und nehme mein erstes selbst verdientes Geld entgegen.

Als ich durch den Verkaufsraum zum Ausgang gehe, ist Mick schon verschwunden. Aber es ist mir auch lieber so, wenn ich ihn erst morgen sehe. Im Moment bin ich einfach viel zu durcheinander.

Draußen sticht mir nach dem langen Vormittag im Lager das grelle Sonnenlicht in die Augen. Mir ist, als würde ich aus einem Traum aufwachen. Doch meine Verabredung mit Mick ist real. Genauso real wie die Tatsache, dass zu Hause Dine auf mich wartet.

Aber ich kann doch jetzt unmöglich mit Dine ins Spaßbad gehen! Das ist völlig ausgeschlossen! Im Moment habe ich wirklich keine Ahnung, wie ich zu ihm stehen soll. Klar finde ich ihn mittlerweile toll. Seine Art, seine lustigen Ideen – eigentlich alles an ihm. Sogar den Grund, warum er diese schräge Brille trägt!

Aber wenn ich morgen mit Mick ins Kino will (und das will ich!), kann ich heute auf keinen Fall Dine küssen.

Schwer seufzend schwinge ich mich auf mein Fahrrad und sause los. Die Straße hinunter, durch den Stadtpark, die kleinen Gassen neben der Fußgängerzone entlang, an meiner Schule vorbei, eine Runde um den Baggersee und dann noch eine.

Ich sehe nicht auf die Uhr, versuche nicht zu denken. Weder an Dine, noch an Mick. Höchstens daran, wie wunderbar einfach mein Leben war, als es noch keine Jungs darin gab!

Es ist fünf, als ich nach Hause komme. Ich bin selbst überrascht, dass es so spät ist.

Dines gepackte Badetasche steht im Flur, er selbst sitzt im Wohnzimmer auf dem Sofa.

»Hallo«, sage ich leise und lasse mich in einen Sessel fallen.

»Hallo«, gibt Dine zurück. Seine Stimme klingt anders als sonst. Kalt.

Er fragt nicht nach, wo ich war. Ich könnte es ihm sowieso nicht erklären.

Als meine Eltern nach Hause kommen, sitzen wir uns immer noch gegenüber und sagen kein Wort.

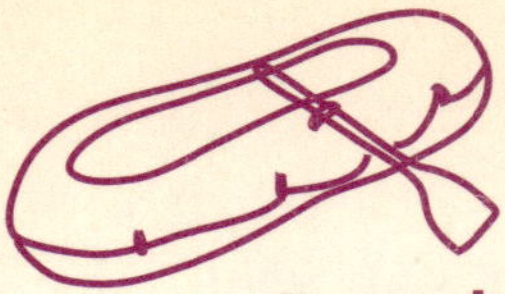

Kinoabend ohne Film

Als ich am nächsten Morgen aufstehe, ist Dine schon weg. Samstags ist ja immer Ausflugstag mit den Schweden. Diesmal sind sie nach Füssen gefahren, um sich Schloss Neuschwanstein anzusehen.

Eigentlich ist es ganz gut, dass ich Dine heute nicht über den Weg laufe. Es war schrecklich, wie kalt und abweisend er sich gestern verhalten hat. Aber ich kann ja verstehen, dass Dine irgendwann der Kragen platzt. Erst meine ständigen Ausreden. Dann die Sache mit dem falschen Verband. Und jetzt habe ich ihn auch noch einfach versetzt!

Ich weiß nicht, wem ich damit mehr wehgetan habe. Ihm oder mir. Wenn ich an seine gepackte Badetasche im Flur denke, könnte ich auf der Stelle losheulen.

Das Wetter passt zu meiner Stimmung. Es nieselt und hat bestimmt nicht mehr als 17 Grad.

Wenigstens meldet sich Katharina nicht. Ich bekomme ein total schlechtes Gewissen, wenn ich an sie denke. Langsam dämmert mir nämlich, warum Mick mit ihr Schluss gemacht hat. Auch wenn ich es überhaupt nicht verstehen kann, dass man ein Mädchen wie Katharina für mich sitzen lässt! Wenn sie sich nicht in diesen Tom verguckt hätte, müsste ich die Kinoverabredung glatt absagen!

Nach dem Frühstück hole ich meine Nähmaschine und die Kiste mit den Stoffresten vom Speicher, um mir mal wieder etwas zu schneidern.

Ich hoffe, dass mich das ablenkt. Von meiner Aufregung, wenn ich an den heutigen Abend mit Mick denke. Und von meiner Traurigkeit, wenn mir der gestrige Abend mit Dine in den Kopf kommt.

Zuerst verziere ich ein altes Hemd von mir am Saum mit Fransen, die ich mir selber aus einem Stück Wildleder zurechtschneide. Das geht ziemlich schnell und sieht super aus. Bis zum Mittagessen bin ich damit fertig.

Am Nachmittag nehme ich mir ein altes T-Shirt vor, das einfach nur langweilig rosa ist. Ich nähe die Ärmel von einer alten Bluse daran, die meine Mama mir mal vermacht hat. So ein irres Teil aus den Sechzigern mit pinken und gelben Blumen drauf. Eine große Blume schneide ich aus und nähe sie auf die Mitte des T-Shirts. Das Ergebnis ist echt klasse. Sogar meine Mama ist begeistert, dass ihre alte Bluse noch einmal zum Einsatz kommt.

Um sechs fange ich dann endlich an, mich für den Abend mit Mick herzurichten. Beim Nähen musste ich mich so konzentrieren, dass ich noch keinen Gedanken darauf verwenden konnte. Aber jetzt schlägt mir das Herz bis zum Hals und die Haut um meine Nase herum fühlt sich plötzlich ganz kalt an.

Ich dusche ausgiebig, dann ziehe ich das Vintage-Kleid an, das ich mit Katharina bei H&M gekauft habe. Und darunter den roten BH mit den Strasssteinen. Nicht dass ich glauben würde, dass Mick ihn heute zu Gesicht bekommt. Nicht dass ich wollen würde, dass er ihn zu Gesicht bekommt. Aber irgendwie fühle ich mich sicherer damit. Erwachsener.

Zu einem Date mit Super-Mick kann man einfach unmöglich in einem Slip mit roten Äpfelchen darauf erscheinen.

Da könnte ich mir genauso gut meine Kindergartentasche um den Hals hängen und einen Puppenwagen vor mir herschieben!

Mama erzähle ich, dass ich mit Katharina ins Kino gehe. Es tut mir zwar leid, dass ich sie anlügen muss. Aber ihre Fragen zu beantworten, ist mir in meinem Zustand einfach zu anstrengend.

Um sieben mache ich mich dann auf den Weg. Es regnet zwar nicht mehr, aber es ist immer noch ziemlich kalt und ich friere in meinem kurzen Kleid.

Eigentlich hätte ich gedacht, dass ich voller Vorfreude sein würde. Aber jetzt ist mir nur unwohl. Meine Knie zittern, mein Hals ist trocken, der BH spannt und mein Gesicht ist bestimmt voller hektischer roter Flecken. Ich könnte wetten, dass Katharina immer in einem völlig makellosen Zustand bei Mick angetanzt ist.

Auf halber Strecke merke ich, wie meine Schritte langsamer werden. Ich muss an Dine denken. Wie gut ich mich die letzten Tage in seiner Nähe gefühlt habe. Wie selbstverständlich unser Zusammensein auf einmal war. Fast so, als hätten wir unser Leben lang aufeinander gewartet!

Als ich in die Straße einbiege, in der der »Filmpalast« ist, sehe ich Mick schon davor an einer Säule lehnen. Er trägt ein Muscle-Shirt und seine engen Röhrenjeans. Ein paar Mädchen gehen an ihm vorbei und drehen sich nach ihm um. Mick fährt sich lässig durch die Haare. Eine Bewegung wie einstudiert.

Ich bleibe noch einmal kurz stehen und sehe Mick an, wie er dort steht. Aalglatt und breitbeinig. Dann atme ich tief durch und gehe auf ihn zu.

»Da bist du ja«, freut sich Mick und mustert mich von oben bis unten. »Toll siehst du aus!«

Es ist komisch, aber Komplimente aus Micks Mund kann ich immer noch nicht richtig ernst nehmen.

»Ich hab Karten für ›Spiderman 3‹, in Ordnung?«, fragt Mick und hält zwei Tickets in die Höhe. Ich nicke apathisch.

Bis der Film losgeht haben wir noch ein bisschen Zeit. Wir holen uns zwei Colaflaschen an der Bar und stellen uns damit an ein Tischchen im Foyer. Ich nuckle an meinem Strohhalm und weiß nicht, was ich sagen soll. Mick fällt offensichtlich auch nichts ein. Er lächelt mich an und fummelt am Etikett seiner Colaflasche herum.

»Cooles T-Shirt«, quetsche ich irgendwann heraus, damit das Schweigen endlich aufhört.

»Findest du?«, fragt Mick und seine Augen funkeln. »Das

hab ich im ›Flipland‹ gekauft. Die haben echt super Klamotten, total angesagte Teile …«

Mick redet noch eine ganze Weile weiter, aber irgendwie schaffe ich es nicht, ihm zuzuhören. Meine Gedanken schweifen immer wieder ab.

»Du hast da was«, meint Mick plötzlich, streicht mit seiner Hand durch meine Haare und sieht mir dabei unverwandt in die Augen. Sein Handgelenk riecht nach Aftershave. Plötzlich finde ich den Duft viel zu intensiv. Fast wie Zitrusreiniger.

»Ich muss mal auf die Toilette«, sage ich schnell und drehe mich hastig um. Meine Colaflasche fällt polternd vom Tisch, aber ich gehe einfach weiter.

Über den weichen dunkelroten Teppich durch das Foyer. An den Toiletten vorbei. Den Ausgang hinaus.

Nach Hause.

»Schon zurück?«, fragt Mama überrascht, als ich durch die Wohnungstür komme.

»Der Film war ausverkauft«, gebe ich knapp zurück und verschwinde in mein Zimmer.

Ich streife das Kleid ab und setze mich in meinem roten Strass-BH direkt an die Nähmaschine. Dann schnappe ich mir das Stückchen Leder, das heute Morgen von den Fransen übriggeblieben ist, und stecke es unter das kleine Nähschiffchen. Der Stoff gleitet durch meine Finger, »taktaktak« rattert die Nadel auf und ab. Zuerst weiß ich selbst nicht genau, was ich nähe. Ich habe einfach das Bedürfnis, etwas mit meinen Händen zu tun und das beruhigende Surren der Nähmaschine zu hören. Doch dann wird mir plötzlich klar, was ich da gerade fabriziere. Nach einer knappen Stunde ziehe ich einen kleinen Lederbeutel hervor. »Die Form passt genau. Die Größe auch«, lobe ich mich selbst und stecke das kleine Täschchen zu dem Bild mit der Möwe und den Herzen in die unterste Schreibtischschublade.

Gegen zehn höre ich, wie Dine nach Hause kommt, aber ich traue mich nicht, auf den Flur zu gehen und ihn zu begrüßen. Ich würde es echt nicht aushalten, wenn er wieder so wäre wie gestern.

Fix und fertig lasse ich mich in mein Bett fallen. Der Gefühlswirrwarr der letzten beiden Tage (genau genommen sogar der letzten beiden Wochen!) hat mich total geschafft.

Und jetzt weiß ich zwar, was ich will. Aber ich habe Angst davor, dass es zu spät ist.

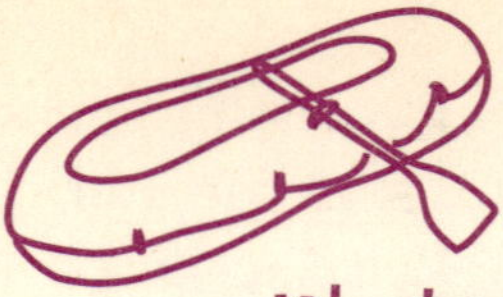

Kloster, Kopfweh und keine Küsse

Am Sonntag steht ein barockes Augustiner-Kloster auf dem Programm. Das kann sich auch nur mein Papa ausgedacht haben. Neben wilden Abenteuertouren ist Geschichte seine zweite Leidenschaft. Beim Frühstück tut Dine so, als wäre er hochinteressiert an dem alten Orden. Er löchert Papa mit zig Fragen. Ich kann mir nicht vorstellen, dass er nach einem Tag in Schloss Neuschwanstein wirklich noch so wild auf historische Sehenswürdigkeiten ist. Ich glaube eher, dass er sich nur deshalb so angeregt mit meinem Papa unterhält, weil er sich dann nicht mit mir befassen muss.

Dabei würde ich so gerne mit ihm reden und mich bei ihm entschuldigen – für mein ganzes, superblödes Verhalten entschuldigen! Und ihm sagen, wie wichtig er mir wirklich ist. Aber das kann ich heute total vergessen. Wir werden bestimmt keine Minute alleine sein.

Ich bin mir nicht einmal sicher, ob er mit mir sprechen würde, wenn meine Eltern nicht dabei wären. Den ganzen Tag über schlendert er neben meinem Papa her und lässt sich von ihm irgendwelche Daten nennen. Und wenn ich in seine Richtung sehe, weicht er meinem Blick aus.

Ganz klar, Dine hat die Schnauze voll von mir. Mich abgeschrieben. Kein Interesse mehr. Und ich bin auch noch selber Schuld daran.

»Finde ich toll, dass du dich so für Geschichte interessierst!«, sagt Mama beim Mittagessen zu Dine.

Wir sitzen im bewirtschafteten Innenhof des Klosters unter einer großen Kastanie und essen Sauerbraten mit Kartoffelklößen. Dine hat sich ein typisch deutsches Essen gewünscht. Ich schaffe nicht einmal einen halben Kloß davon. Meine Kehle ist wie zugeschnürt und das Schlucken tut richtig weh.

Dine behauptet, dass Geschichte schon immer sein Lieblingsfach war. Aber ich bin mir sicher, dass seine Ohren rot dabei werden.

Wenn ich es nicht besser wüsste, würde ich Dine für einen langweiligen, blöden Streber halten. Aber leider weiß ich, dass Dine nicht langweilig ist. Dine ist einzigartig. So einen Jungen wie ihn werde ich bestimmt nie wieder kennenlernen!

Im letzten Moment zwinge ich mich dazu, an etwas anderes zu denken. Fast hätte ich angefangen, in meinen Sauerbraten zu heulen. Da soll noch einer sagen, dass sauer lustig macht!

Als wir schon beim Nachtisch sind und ich lustlos in meinen Erdbeeren mit Sahne herumstochere, räuspert sich Dine plötzlich und wuschelt sich verlegen durch die Haare.

»Was ich noch sagen wollte«, fängt er an und guckt dabei

weder mir noch meinen Eltern in die Augen. »Gestern auf dem Ausflug, da hat ein schwedischer Junge zu mir gesagt, ich könnte in der letzten Woche auch bei ihm und seinem Gastbruder wohnen.«

Mir fällt vor Schreck der Löffel aus der Hand. Sahne spritzt über die rot-weiß karierte Tischdecke. Völlig entgeistert starre ich Dine an. Ich verstehe ja, dass er sauer auf mich ist. Aber muss er deswegen gleich ausziehen? Wir haben doch sowieso nur noch ein paar Tage miteinander. Wenn man mich fragt: viel zu wenige Tage!

Mama sieht auch richtig entsetzt aus. »Gefällt es dir denn nicht bei uns?«, fragt sie bekümmert.

»Doch, doch«, gibt Dine schnell zurück. »Es war nur so eine Idee.«

»Überleg es dir noch mal, Dine, ja?«, bittet ihn Mama ganz ernst und legt dabei ihre Hand auf seinen Unterarm.

Am Nachmittag sehen wir uns die alte Basilika an, die zum Kloster gehört. Als ich an das hohe Deckengewölbe mit all den Putten und Engeln gucke, wird mir auf einmal ganz schwindelig und ich muss mich auf eine der alten Holzbänke setzen. Irgendetwas stimmt nicht mit mir. Mein Hals kratzt und meine Augen sind trocken. Vielleicht vertrage ich den Weihrauchgeruch nicht.

»Du bist ja ganz blass, Emma«, sagt Mama jetzt auch noch. Sie legt die Hand auf meine Stirn. Es dauert keine Sekunde und sie verkündet mit weit aufgerissenen Augen: »Du hast ja Fieber!«

Obwohl ich beteuere, dass alles in Ordnung ist, bricht Papa den Geschichtsunterricht für Dine sofort ab. Mama hilft mir ins Auto. Auf einmal kann ich mich kaum noch auf den Beinen halten. Auf der Heimfahrt dämmere ich immer wieder weg und zu Hause falle ich sofort in einen tiefen, traumlosen Schlaf.

»39,5«, sagt Mama gerade, als ich wieder die Augen aufmache. Sie hält unser Stirnthermometer in der Hand und sieht sehr besorgt aus. »Wir rufen den Arzt.«

Die Sonne scheint in mein Zimmer, wahrscheinlich ist es schon Montagmorgen.

»Ich muss in die Arbeit«, krächze ich unter der Bettdecke.

Aber Mama hat natürlich für mich bei Schmid angerufen und abgesagt.

»Sommergrippe«, brummelt eine tiefe Stimme, als ich das nächste Mal aufwache. Unser Hausarzt Dr. List steht an meinem Bett. »In einer Woche ist sie wieder auf den Beinen!«

In einer Woche? Aber in einer Woche muss Dine schon wieder zurück nach Schweden! Dann ist alles aus und vorbei für immer! Ich will meinen Mund aufmachen, um zu protestieren. Aber ich bin zu schwach dazu. Mein ganzer Körper tut weh. Ächzend rolle ich mich auf die Seite und starre die weiße Wand an.

Die nächsten Tage dämmere ich im Bett vor mich hin. Ich kann kaum unterscheiden, ob ich wach bin oder ob ich schlafe. Meine Haut fühlt sich so an, als würde ich in einem

Bett aus Sand liegen. Wenn ich träume, habe ich Angst, dass Skorpione darin herumkriechen und mich stechen.

Mama kommt jetzt immer schon mittags nach Hause. Sie bringt mir Griesbrei und Milchreis ans Bett.

Von Dine habe ich seit unserem Ausflug nichts gehört. Ob er überhaupt noch bei uns wohnt?

Als Mama mit einer Schale Apfelkompott ins Zimmer kommt, will ich endlich wissen, was mit ihm ist.

»Ist Dine schon zu diesem schwedischen Jungen gezogen?«, frage ich leise. Bereit, mir bei einer schlechten Nachricht die Decke über den Kopf zu ziehen und für immer darunter zu bleiben.

Mama lächelt. Das beruhigt mich schon mal.

»Dine macht jetzt zwar öfter etwas mit den beiden Jungs, aber er schläft immer noch nebenan«, erklärt sie. »Er hat sich sogar entschuldigt, dass er das überhaupt vorgeschlagen hat.« Sie macht eine kurze Pause, dann fügt sie schmunzelnd hinzu: »Ich glaube, er mag dich ganz gern.«

Das glaub ich nicht, aber dass Dine noch bei uns wohnt, beruhigt mich doch.

Einmal liege ich mit dem Gesicht zur Wand unter der Decke und höre mit halbem Ohr einer Gerichtsshow zu, die im Fernsehen läuft. Papa hat unser altes Gerät aus dem Keller geholt und auf meinen Schreibtisch gestellt. Der Fall ist ziemlich dämlich und ich hoffe, dass ich gleich wieder einschlafe. Doch plötzlich klopft es ganz leise und vorsichtig an der Tür. Meine Mama kann das nicht sein. Sie kommt normalerweise einfach so ins Zimmer, obwohl ich schon tausendmal versucht habe, ihr das abzugewöhnen.

Vielleicht ist es Dine?

Jetzt wird die Tür einen Spaltbreit geöffnet. Über den Rand der Bettdecke kann ich Dines braunen Wuschelkopf erkennen. Schnell mache ich die Augen zu und stelle mich schlafend. Eigentlich will ich nicht, dass Dine mich so sieht. Leichenblass und mit ungewaschenen Haaren.

Quietschend geht die Tür ganz auf und Dine schleicht ins Zimmer. Mein Herz hämmert wie verrückt. Bestimmt hört sogar Dine es schlagen.

Jetzt muss er ganz dicht neben mir sein. Ich kann seinen Kätzchenduft riechen. Meine Augenlider zucken bestimmt, aber ich versuche, ganz gleichmäßig weiterzuatmen.

Auf einmal spüre ich Dines Hand auf meinem Gesicht. Er streichelt mir ganz leicht über die Wange. Einmal, zweimal. Dann dreht er sich um und schleicht genauso leise, wie er gekommen ist, wieder nach draußen.

Pech und Schwefel

»Morgen gehe ich wieder in die Arbeit«, verkünde ich am Sonntagmorgen, als Mama mir einen Teller mit Marmeladenbroten ans Bett bringt. »Bist du dir sicher, dass du schon wieder gesund bist?«, fragt sie und sieht mich skeptisch an. Bisher bin ich kaum aus dem Bett aufgestanden. So ganz taufrisch fühle ich mich auch noch nicht. Meine Nase läuft nach wie vor, als würde sie an einem Marathon teilnehmen wollen.

Aber wenn ich nicht arbeiten gehe, kann ich morgen Nachmittag auch nichts mit Dine unternehmen. Könnte ja sein, dass mich Schmid sonst mit ihm sieht – man weiß ja nie!

Und etwas mit Dine machen, das will ich unbedingt. Es ist die allerletzte Gelegenheit dazu!

Am Dienstag fährt er ja schon wieder nach Hause.

Am späten Vormittag klopfe ich an Dines Zimmertür. Ich habe mir die Haare zu einem ordentlichen Zopf gekämmt und ein bisschen von Mamas Rouge aufgelegt. »Herein«, ruft Dine und sieht richtig erstaunt aus, als ich in seinem Zimmer erscheine.

»Hallo«, sage ich und bleibe mitten im Raum stehen. »Ich wollte nur fragen, ob du morgen mit mir ins Spaßbad gehst.«

Dine grinst und legt den Kopf schief. »Aber du bist doch krank, Emma.«

»Nicht mehr!«, widerspreche ich. »Morgen gehe ich wieder in die Arbeit.«

»Ach so.« Dine saugt seine Lippen ein und denkt kurz nach. Dann sagt er: »Ich überlege es mir, okay?«

»Okay«, murmle ich, aber ich kann nicht verbergen, wie enttäuscht ich bin.

Zurück unter meiner Bettdecke weiß ich überhaupt nicht mehr, wie ich mich hinlegen soll. So muss sich die Prinzessin auf der Erbse gefühlt haben. Egal welche Position ich einnehme, irgendwo drückt es mich immer. Eine Weile wälze ich mich hin und her und verfluche mein altes, durchgelegenes Ikea-Bett.

Dann wird mir schlagartig klar, dass ich mich auch im Kingsize-Bett eines 5-Sterne-Hotels nicht wohler fühlen würde. Mein Problem ist nicht die Matratze, mein Problem ist Dine! Erst streichelt er meine Wange – und dann weiß er nicht, ob er mit mir ins Spaßbad will. Da soll sich noch einer auskennen! *»Ich überlege es mir!«* Als ob ich ihn gefragt hätte, ob er mir eine Doppelstunde Mathenachhilfe erteilt!

Plötzlich wird mir richtig heiß. Ein scheußlicher Verdacht bohrt sich in mein Gehirn wie ein Holzwurm ins Gebälk. Eigentlich kann es doch nur einen Grund für dieses merkwürdige Verhalten geben. Je länger ich darüber nachdenke, umso klarer wird mir das. Wär doch kein Wunder, wenn

Dine sich jetzt auch neu verliebt hätte! In eine von seinen schwedischen Mitreisenden zum Beispiel! Mit denen versteht er sich doch so gut. Wahrscheinlich trägt der schwedische Junge, mit dem er in den letzten Tagen rumgezogen ist, lange Haare, rosa Ballerinas und Lippenstift! Ich könnte meine Schlangenleder-Sandalen darauf verwetten, dass es so ist. Schließlich kenne ich mich aus mit Gefühlsverwirrungen dieser Art.

Ich fange gerade an zu schwitzen, als Mama ins Zimmer kommt.

»Na, Schätzchen, wie geht's dir?«, fragt sie und setzt sich zu mir.

»Alles super«, schwindle ich.

Naja, eigentlich ist das nicht geschwindelt. Das ist die dickste und fetteste Lüge, die jemals ausgesprochen wurde.

»Weißt du«, sagt Mama und zupft ein paar Flusen von meinem Leintuch, »Papa und ich sind heute bei Meiers eingeladen. Zum Kaffeetrinken und später auch noch zum Abendessen. Aber wir gehen natürlich nicht, wenn du dich nicht gut fühlst.«

»Es geht mir wirklich blendend!«, flöte ich und grinse so breit, dass meine Mundwinkel beinahe die Ohren berühren. Fehlte ja gerade noch, dass Mama und Papa meinetwegen ihr ohnehin spärliches Freizeitprogramm sausen ließen!

»Aber wenn etwas ist, rufst du uns gleich auf dem Handy an, ja?«

Manchmal habe ich das Gefühl, dass Mama meine letzten zehn Geburtstage nicht mitbekommen hat und glaubt, dass ich immer noch drei bin.

»Klar Mama!«, beteuere ich und drehe mich gähnend zur Seite.

»Auf dem Herd steht eine Pfanne mit Gemüserisotto«, erklärt Mama und steht auf. »Dine ist übrigens wieder mit Bengt unterwegs«, sagt sie noch im Rausgehen. »Ihr könnt euch den Reis ja auch zusammen warm machen, wenn er nach Hause kommt.«

Von wegen, mit Bengt!, denke ich. Aber ich sage nichts und nicke nur brav.

Mama und Papa sind gerade mal zehn Minuten weg, als das Telefon klingelt. Zuerst will ich es einfach ignorieren, doch der Anrufer ist ziemlich hartnäckig. Als es das zwölfte Mal läutet, wühle ich mich aus dem Bett und hebe ab.

»Jakob«, grunze ich genervt in den Hörer.

»Hallo, hier sprecht Britta Caspersen«, verkündet eine hohe Mädchenstimme in gebrochenem Deutsch.

Ich erstarre im selben Moment zu einer Salzsäule. Mein siebter Sinn hat also tatsächlich mal wieder recht gehabt. Dass mein Verdacht aber auch so schnell bestätigt wird! Britta Caspersen, das ist doch das blonde hübsche Mädchen, das ich so gerne zur Gastschwester gehabt hätte! Die, mit der sich Dine so nett beim Picknick unterhalten hat!

»Ist da noch jemand?«, fragt Britta vorsichtig, denn ich bringe erst mal kein Wort raus. Salzsäulen können bekanntlich nicht sprechen.

»Ich bin noch dran. Was gibt es denn?«, frage ich und

meine Stimme klingt, als hätte ich nicht ein paar Sekunden, sondern ein paar Jahrhunderte geschwiegen.

»Ich habe ein Nachricht für Dine«, erklärt Britta. »Ist er zu Hause?«

»Nein, er ist mit Bengt unterwegs«, antworte ich und stelle im gleichen Moment fest, dass das dann wohl doch nicht gelogen war. »Kann ich ihm was ausrichten?«

»O ja, gerne«, meint Britta und fährt gut gelaunt fort: »Er soll doch bitte heute Abend die Zutate für seine Früchtecocktail mit in den Mehrzweckhalle bringen! Dann können wir leckere Saft machen!«

Leckere Saft! In der Mehrzweckhalle! Heute Abend! Und das alles trägt diese Britta so fröhlich vor, als würde sie mir von ihrer letzten Geburtstagsparty erzählen! Vermutlich hat sie keinen Schimmer, dass vor Kurzem noch *ich* dazu auserkoren war, mit Dine Fruchtcocktails zu schlürfen!

»Ich geb's weiter«, sage ich mit gequetschter Stimme und knalle den Hörer auf.

Doch im selben Moment steht für mich fest, dass ich Dine kein einziges Wort von dieser Britta ausrichten werde. Ich bin doch nicht bescheuert! Da könnte ich ihm ja auch gleich noch ein paar Kerzen und 'ne CD mit Schmusesongs einpacken und den beiden einen angenehmen Abend wünschen! Nee, nee, Fruchtcocktails gibt's für Britta und Dine bestimmt keine. Wenn sie was Flüssiges für ihr Date wollen, könnte ich eventuell mit ein paar Wasserbomben dienen. Oder auch mit einem schönen Eimer Putzwasser!

Als Dine am späten Nachmittag nach Hause kommt, habe ich mindestens ein Dutzend fieser Rachepläne geschmiedet. Klar, dass ich mich letzte Woche auch nicht gerade mit Ruhm bekleckert habe. Eigentlich bin ich die Letzte, die Dine irgendetwas vorwerfen darf. Aber mit meiner Wut kann ich prima verdrängen, wie traurig ich eigentlich bin. Denn eines steht fest: Dine kann ich mir jetzt endgültig abschminken!

Als er am Abend nach Hause kommt und an meine Tür klopft – erst zaghaft, dann etwas fester –, mummle ich mich in meine Bettdecke ein und stelle mich mal wieder schlafend. Aber diesmal öffnet Dine die Tür sowieso nicht. Diesmal streichelt er mir auch nicht über die Wange. Ich höre, wie er ins Bad geht und Wasser laufen lässt. Wenig später schlägt die Haustür. Dine hat sich auf den Weg zu seinem Date gemacht.

Ich liege in meinem Bett wie auf glühenden Kohlen. Am liebsten würde ich hinter Dine herlaufen! Ich kann doch nicht tatenlos hier herumliegen, während sich ein anderes Mädchen an meinen Traummann ranmacht!

Neben mir auf dem Nachttisch tickt mein alter Wecker wie eine Zeitbombe. Zwanzig Minuten ist Dine jetzt schon weg. Die Mehrzweckhalle liegt zwar am Stadtrand, aber langsam müsste er trotzdem dort angekommen sein. Wahrscheinlich legt er genau in diesem Moment seinen Arm um Britta! Hilfe, ich muss irgendwas tun!, denke ich und springe von meinem Bett auf.

Wie ferngesteuert greife ich mir meine alte Kapuzenjacke, die vom Stuhl gerutscht ist und ziemlich zerknittert auf dem Boden liegt, ziehe sie über mein ausgeleiertes Schlafshirt, das irgendwann mal rot geringelt war, und laufe in den Flur hinaus. Jetzt noch schnell in meine Sneakers gestiegen und dann nichts wie auf zur Turnhalle!

In meinen Klamotten, blass und mit ungewaschenen Haaren sehe ich natürlich ziemlich verboten aus und ich bin froh, dass es bereits dämmert. Ich schwinge mich auf mein Rad und fahre vorsichtshalber so schnell, dass mich die wenigen Passanten auf den Straßen nicht so genau anschauen können.

Mein Tempo ist echt rekordverdächtig! Und dabei habe ich noch nicht einmal die Spur einer Idee, was ich an der Mehrzweckhalle überhaupt soll. Klar, am liebsten würde ich verhindern, dass Dine und Britta sich küssen. Aber ich weiß natürlich auch, dass das total albern ist! Wenn sich die beiden ineinander verliebt haben, kann ich dagegen nichts, aber auch rein gar nichts unternehmen. Am vernünftigsten wäre es, umzudrehen und sich wieder ins Bett zu legen. Aber ich war noch nie besonders vernünftig. Und jetzt, in meinem unglücklich verliebten Zustand, bin ich es schon gar nicht!

Der Mond steht als schmale, blasse Sichel über den Feldern am Stadtrand. Ein Hase rennt über den Fahrradweg und landet beinahe zwischen meinen Speichen. Er kann gerade noch einen Haken in das Kohlfeld neben der Straße schlagen.

Mensch, der Kohlgestank hier hat's ganz schön in sich! Könnte einem glatt übel werden davon. So ein Kohlkopf ist ja die reinste Stinkbombe.

Stinkbombe?

Stinkbombe!

Na, wenn das nicht *die* Idee ist! Neben einem Haufen schon leicht bräunlicher Kohlköpfe, die wohl von der letzten Ernte übrig geblieben sind, bremse ich abrupt ab. Ich hebe ein besonders widerliches Exemplar auf und wiege es zwischen den Händen. So ein kleines Stinkbömbchen würde sich doch hervorragend hinter einer Bank in der Mehrzweckhalle machen! Mit einem diabolischen Grinsen auf den Lippen klemme ich den Kohlkopf auf meinen Gepäckträger und trete den Rest des Weges an.

Tatsächlich! Aus den Fenstern der großen Turnhalle dringt schummriges Licht. Britta und Dine sind also wirklich dort. Zum ersten Mal frage ich mich, wie die beiden überhaupt in die Halle gelangt sein können. Normalerweise ist sie in den Ferien doch abgeschlossen. Aber Liebespaare sind eben sehr einfallsreich. Und Dine sowieso! Bestimmt hat er irgendetwas Tolles für Britta in der Halle vorbereitet. Es gibt mir einen Stich ins Herz, als ich daran denke, wie Dine den Sand vom Spielplatz für mich organisiert hat.

Aber jetzt ist nicht der richtige Zeitpunkt, um sentimental zu werden. Jetzt gilt es, einen Plan in die Tat umzusetzen und diesen vermoderten, alten Kohlkopf schnellstens in die Halle zu schmuggeln. Dine und Britta dürfen mich dabei auf keinen Fall bemerken! Ich will die Tür nur einen Spaltbreit öffnen und den Kohlkopf möglichst nah an die beiden heranrollen. Am besten, wie gesagt, hinter eine Bank, damit sie ihn nicht sehen können.

So verliebt, dass man sich bei dem Schwefelgestank noch küssen möchte, kann man schließlich gar nicht sein!

Leider sind die Hallenfenster so weit oben, dass ich keinen Blick durch sie hineinwerfen kann. Es wäre gut zu wissen, wo die beiden es sich gemütlich gemacht haben.

Ob ich besser durch die Vorder- oder durch die Hintertür gehe? Aber wahrscheinlich ist sowieso nur einer der beiden Eingänge offen.

Ich nehme den Kohlkopf vom Gepäckträger und klemme ihn mir unter den Arm. An den Blättern ist noch etwas Erde und mein Schlafshirt bekommt ein paar hässliche Flecken ab. Aber bei dem alten Fummel ist das auch schon egal. Leise schleiche ich die Hallenwand entlang zum Hintereingang. Irgendwo raschelt es im Gestrüpp. Mein Herz beginnt, wie verrückt zu hämmern, und hört auch nicht auf, als ich entdecke, woher das Geräusch kommt. Ein Eichhörnchen turnt zwischen den Büschen herum. Jetzt springt es über die Straße und verschwindet in der nächsten Baumkrone. Nicht auszudenken, wenn mich ein Spaziergänger in diesem Aufzug sehen würde! Im Nachthemd, mit nackigen Beinen, zerstörter Frisur, roter Schnupfennase und einem alten Kohlkopf in der Hand. Könnte direkt passieren, dass der die Polizei ruft. Oder einen Nervenarzt!

Als ich am Hintereingang der Mehrzweckhalle ankomme, atme ich noch einmal tief durch und frage mich ein letztes Mal, ob ich vielleicht doch umdrehen und den ganzen albernen Plan einfach vergessen soll. Aber jetzt habe ich es so weit geschafft, jetzt werde ich zumindest einen Blick in diese Halle werfen!

Mit zitternder Hand greife ich nach dem Türknauf und drehe daran. Und wirklich, der Hintereingang ist nicht verschlossen, der Knauf lässt sich bewegen. Vorsichtig drücke ich gegen die Tür. Irgendetwas klemmt. »Das muss doch gehen …«, murmle ich und lehne mich auch noch mit der Hüfte dagegen.

»Peng« macht es, als das Schloss nachgibt und die schwere Tür in einem eleganten Halbkreis auf und gegen die Wand schwingt. Mit der Hand am Knauf stolpere ich nicht ganz so elegant hinterdrein. Der Kohlkopf kullert unter meinem Arm hervor und landet polternd zu meinen Füßen. Erschrocken sehe ich mich um. Ich kann Dine und Britta nirgends erkennen, dafür ist die Menschentraube in der Halle einfach zu groß.

Aber Herr Göransson sieht ziemlich überrascht aus, als er mich erkennt. (Was zwei oder drei Sekunden dauert, aber das ist ja nicht weiter verwunderlich. Herr Göransson hatte bisher nicht die Ehre, mich im Nachthemd zu sehen.) Er steht direkt vor mir, hält ein Mikrophon in der Hand und begrüßt mich mit einem fröhlichen: »Hey Emma, schön, dass du auch da bist!«

Ein Kompliment, das ich so leider nicht zurückgeben kann.

Nicht an ihn. Und auch nicht an die anderen 60 Leute, die sich in der Halle versammelt haben und für die Göransson offensichtlich gerade eine Rede hält.

60 Leute und 60 Augenpaare, die alle in meine Richtung starren. 60 Leute und 60 Augenpaare, die Emma Jakob in ihrer ganzen Pracht bewundern dürfen.

Jetzt sehe ich auch, wo Britta und Dine sind. Aber sie küssen sich nicht. Sie haben nicht einmal die Arme umeinander gelegt. Genau genommen sitzen sie ungefähr zehn Meter auseinander. Nicht einmal Gorillas haben so lange Arme.

Es sieht ganz so aus, als würde hier nichts weiter als ein nettes, harmloses Abschiedsfest gefeiert. Ein Fest, zu dem prima auch ein paar zuckersüße Fruchtcocktails passen würden.

Bedauerlich ist nur, dass es sich um keine Pyjamaparty handelt.

»Ich … ich … ich …«, stammle ich und kann meinen Blick dabei nicht von dem abscheulich stinkenden Kohlkopf wenden, »… geh mich mal eben frisch machen«, sage ich schnell und bin auch schon wie der Teufel höchstpersönlich aus der Tür gesaust. Nur der Schwefelgeruch, der sich langsam aber sicher in der Halle ausbreitet, verrät noch, dass ich überhaupt da war.

Völlig außer Atem treffe ich kurze Zeit später wieder zu Hause ein. Jetzt nichts wie ins Bett, die Decke ganz fest über den Kopf gezogen und in einen tausendjährigen Schlaf gefallen!

Ich will gerade in mein Zimmer laufen, als ich einen Zettel außen an meiner Tür entdecke.

»Liebe Emma!«, lese ich Dines krakelige Jungs-Handschrift. *»Heute Abend geben die Schweden in der Mehrzweckhalle beim Gymnasium ein kleines Abschiedsfest. Leider schläfst Du und ich will Dich nicht wecken. Wär toll, wenn Du noch nachkommst! Dein Dine«*

Nachkommen? Na klar! Ich befürchte nur, dass es irgendwie anders gemeint war.

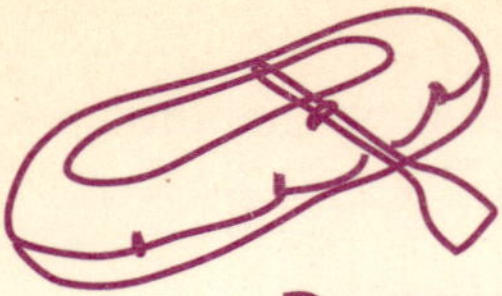

Begegnung mit Taucherbrille

Aus dem tausendjährigen Schlaf wird leider nichts. Nicht mal läppische hundert Jahre schaffe ich. Aber ich heiße ja auch nicht Dornröschen, sondern Emma. Gerne auch »Chaostante Emma« genannt. Am nächsten Morgen bin ich schon um sieben wieder wach. Und wenn ich schon mal wach bin, kann ich auch wie geplant in die Arbeit gehen. Obwohl das jetzt eigentlich gar keinen Sinn mehr macht. Genauso gut könnte ich auch noch einen Tag im Bett bleiben. Denn dass Dine am Nachmittag noch mit mir ins Spaßbad gehen will, ist so wahrscheinlich wie eine Sintflut in der Badewanne.

Dine schläft noch, aber dafür steht jetzt erst mal eine andere unangenehme Begegnung auf dem Programm: In der Arbeit werde ich wohl oder übel Mick über den Weg laufen! Zum Glück liegt es jetzt schon eine Woche zurück, dass ich einfach aus dem Kino abgehauen bin. So wütend kann er schon gar nicht mehr auf mich sein. Wenigstens dafür war die blöde Grippe gut!

Als wir uns dann in der Kaffeeküche das erste Mal wieder sehen, sind meine Hände schweißnass. Aber Mick tut einfach so, als wäre überhaupt nichts vorgefallen!

Er grinst mich an, pfeift fröhlich vor sich hin und plaudert munter über das Wetter. Nur Komplimente macht er mir keine mehr. Ich kann aber auch echt ganz gut ohne das Gesülze leben!

Von Katharina weiß ich, dass Mick jetzt wieder mit ihr zusammen sein will. Sie hat mich letzte Woche mal angerufen und gefragt, wie es mir geht. Mick hätte ihr von meiner Grippe erzählt.

»Ihr habt also wieder Kontakt?«, habe ich Katharina gefragt.

Daraufhin hat sie geseufzt und gesagt, dass Mick sich wieder gemeldet hat. Und dass sie sich jetzt nicht zwischen Tom und Mick entscheiden kann.

»Du weißt ja gar nicht, wie schwer das in der Liebe manchmal ist«, hat sie gestöhnt.

Ich habe nur gelacht und ziemlich bald aufgelegt.

Das mit Mick ist also noch mal glimpflich ausgegangen. Bei Dine hab ich da weniger Hoffnung.

Als ich mich um zwölf Uhr auf den Heimweg mache, ist mir richtig übel. So schlecht ist mir nicht einmal von dem Kohlgeruch gestern geworden!

Doch dann ist es in unserer Wohnung mucksmäuschenstill und Dine ist gar nicht zu Hause. Und das ist mir nun auch wieder nicht recht. Eigentlich finde ich das sogar fast noch schlimmer als alle blöden Fragen, die er mir hätte stellen können.

Dine will mir nicht mal mehr begegnen!, rattert es in meinem Kopf und mein Herz fühlt sich so an wie ein Achterbahnzug, der bei Tempo 100 aus der Kurve geschleudert wird. Ich will mich direkt an Ort und Stelle auf den Boden sacken lassen, als auf einmal die Wohnungstür aufgeht und Dine mit einer Plastiktüte in der Hand hereinkommt.

»Hallo Emma«, begrüßt er mich und grinst dabei von einem Ohr zum anderen. »Da bist du ja wieder! Wo warst du denn gestern Abend plötzlich?«

Das ist genau die Frage, vor der ich mich die ganze Zeit gefürchtet habe. Was soll ich denn jetzt sagen? Dass ich schlafgewandelt und nur rein zufällig und noch dazu im falschen Outfit bei ihrer Party reingeschneit bin?

»Ich ... also ich ... äh ...«, fange ich an zu stottern, »ich hab mich plötzlich irgendwie nicht mehr so wohl gefühlt«, sage ich und das entspricht ja auch vollkommen der Wahrheit!

»Schade!«, meint Dine und scheint es echt ernst zu meinen. »Aber gehen wir dafür wenigstens jetzt zusammen ins Spaßbad?«

»Äh ... ja ... klar!« Jetzt stammle ich schon wieder! Darauf war ich aber auch wirklich nicht gefasst. Dine will tatsächlich noch etwas mit mir zu tun haben! Mit mir! Der peinlichsten Person links und rechts des Äquators!

»Super«, meint Dine und greift in seine Plastiktüte. »Guck mal, was ich mir gerade gekauft habe!« Er hält mir eine blaue Tauchermaske vor die Nase. »In den Becken ist doch immer so viel Chlor«, erklärt er und fügt dann grinsend hinzu: »Und außerdem: Wenn du wieder einen alten Kohlkopf dabeihaben solltest, ziehe ich mir einfach die Brille auf!« Er zieht sich die Maske über den Kopf und fängt an zu lachen: »Und – schwupp! – schon rieche ich nichts mehr!«

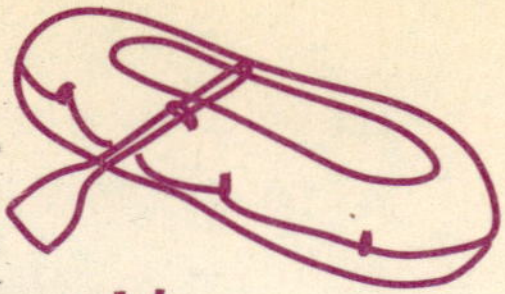

Schwedischunterricht

Eine Stunde später sind Dine und ich dann im Spaßbad und tauchen abwechselnd mit Dines Taucherbrille. Ich habe Dine erzählt, dass der Kohlkopf vor der Tür der Mehrzweckhalle lag und dass ich ihn nur aufgehoben habe, um ihn wegzuwerfen. Dine hat zwar ein bisschen komisch geguckt, aber ich glaube, er hat mir das abgenommen. Vermutlich muss man ein noch schrägerer Vogel sein als Dine, um auf den Gedanken zu kommen, dass ich die Mehrzweckhalle absichtlich mit einem Kohlkopf verpesten wollte!

Irgendwie ist es mit ihm trotzdem nicht mehr so, wie es mal war. Dine ist zwar total nett zu mir, aber dabei auch sehr zurückhaltend. Gerade so, als hätten wir uns nie geküsst! Er nimmt es mir wohl immer noch übel, dass ich ihn letzte Woche so versetzt habe. Wie soll ich mich nur wieder richtig mit ihm versöhnen?

Als eine schwedische Familie an uns vorbeigeht und in Dines Landessprache miteinander plaudert, habe ich plötzlich eine Idee.

»Was heißt eigentlich ›Gewitter‹ auf Schwedisch?«, frage ich Dine.

Wir stehen im Warmwasserbecken nebeneinander und lassen uns die Sonne ins Gesicht scheinen.

»Oväder«, antwortet Dine.

»Und ›Hustensaft‹?«, will ich weiter wissen.

»Ein sehr wichtiges Wort«, kichert Dine. »Hostmedicin.«

»Und ›Rußpartikelfilteranlage‹?«

»Keine Ahnung, was das sein soll«, sagt Dine lachend und spritzt mich mit Wasser an.

Jetzt ist genau die richtige Gelegenheit, ihn danach zu fragen, worauf ich wirklich hinaus will: »Aber du weißt bestimmt, was das heißt: ›Es tut mir schrecklich leid, dass ich dich neulich versetzt habe‹.«

Dine lächelt, aber er sieht mich nicht an, als er mir den Satz ins Schwedische übersetzt.

»Und was heißt: ›Ich bin verliebt in dich‹?« Normalerweise hätte ich nie gewagt, das einfach so zu Dine zu sagen. Aber ihn zu fragen, was es auf Schwedisch heißt, ist etwas völlig anderes. Dine versteht trotzdem, wie ich es meine.

Er sieht mir ganz tief in die Augen und sagt kaum hörbar: »Jag älskar dig.«

»Jag älskar dig«, wiederhole ich genauso leise. Für einen kurzen Moment glaube ich, dass Dine mich küssen will. Doch dann taucht er plötzlich mit dem Kopf unter. Ob ich zu weit gegangen bin und er jetzt von mir wegschwimmt?, frage ich mich. Aber Dine macht nur einen Handstand. Seine Füße wackeln aus dem Wasser und als er wieder auftaucht, strahlt er über das ganze Gesicht.

Den restlichen Nachmittag ist es beinahe wieder wie früher zwischen uns. Wir hüpfen nebeneinander vom Sprungturm und lassen uns sogar Hand in Hand durch den Strom treiben. Ich bin mir fast sicher, dass Dine mir verziehen hat, und würde ihn so gerne küssen. Aber es ergibt sich einfach keine Gelegenheit dazu. Als wir uns einmal im tiefen Schwimmbad dicht nebeneinander an den Beckenrand klammern, erscheint plötzlich eine Horde dicker Kinder und macht mit wildem Indianergeheul Arschbomben um uns herum. Im Dampfbad hält uns eine alte Frau mit Badehaube einen zwanzigminütigen Vortrag darüber, wie gesund Rückenschwimmen ist. In den Umkleidekabinen sind Jungs und Mädchen natürlich getrennt. An der Straßenbahnhaltestelle riecht es dann zwar nicht nach Kohl, aber dafür nach Pipi. Und in der Bahn selber ist es schließlich so voll, dass wir nicht nebeneinanderstehen können.

Und ganz ehrlich: Wer will auch schon jemanden küssen, der so ekligen Schnupfen hat wie ich? Ständig muss ich den Rotz hochziehen.

Doch leider läuft nicht nur meine Nase, sondern auch die Zeit!

Morgen wird Dine abreisen. Schon ganz in der Früh. Sein Bus geht um neun.

Ich spüre jede einzelne Sekunde, die bis dahin vergeht. Gerade so, als wäre ich selbst eine Sanduhr, an deren glatten Wänden unaufhaltsam der Sand hinabrieselt.

Am Abend laden uns meine Eltern ganz schick zum Abschiedsessen ein. Wir fahren mit dem Auto zum Inder am Stadtrand und setzen uns an einen Tisch im Garten. In den Bäumen hängen bunte Glühbirnen und auf den Tischen stehen kleine goldverzierte Buddhas.

Das Essen ist teuer und – wie ich aus der Erinnerung weiß – saulecker. Aber für jemanden mit verschnupfter Nase und verklebten Geschmacksknospen eine echte Verschwendung. Neben meinem Chicken Massala sind auf der Speisekarte drei Chilischoten abgebildet, aber ich schmecke trotzdem nur Pappe. Es ist ungefähr so, als würde man 'ne Kuh mit Sushi füttern.

Außerdem ist jetzt auch noch der Abend für Dine und mich verloren. Als wir nach Hause kommen, ist es halb elf und Dine muss schleunigst seine Sachen packen.

»Na dann, bis morgen«, verabschiedet er sich von meinen Eltern und mir. Seine Stimme klingt bemüht fröhlich. Aber als er zum letzten Mal in Papas kleinem Arbeitszimmer verschwindet, glaube ich, ihn hinter der geschlossenen Tür seufzen zu hören.

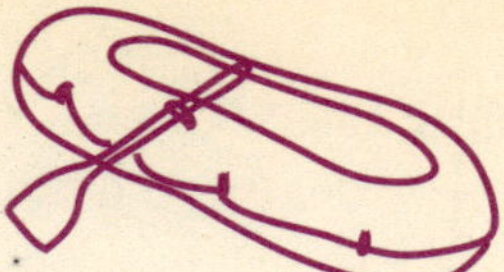

Abschied nehmen

An Dines Abreisetag wache ich ziemlich spät auf. Kein Wunder, ich bin die halbe Nacht wach gelegen. Meine Glieder fühlen sich an wie Blei. Wenn ich es nicht besser wüsste, würde ich denken, dass die nächste Sommergrippe im Anmarsch ist.

Als ich aus dem Bad komme, stehen Dines gepackter Koffer und seine Tasche schon im Flur.

»Soll ich Dine zum Bus fahren?«, fragt Papa. »Ich schaffe es gerade noch vor der Arbeit.«

Ich schüttle energisch den Kopf. »Nein, ich fahre mit ihm in der Straßenbahn.« Wenigstens die letzte halbe Stunde möchte ich noch allein mit ihm verbringen!

Jetzt kommt Dine aus seinem Zimmer. Sein Gesicht ist blass, seine Augen sind schwarz umrandet. Er sieht aus wie ein Pandabär. Wahrscheinlich hat er genauso wenig geschlafen, überlege ich. Dann fällt ihm der Abschied also auch nicht so leicht!

»Wir müssen los, oder?«, fragt Dine mit gequetschter Stimme und sieht auf seine Uhr. Papa nickt und drückt Dine kurz. Mama gibt ihm sogar einen Kuss auf die Stirn.

»Schön, dass du bei uns warst«, sagen beide wie aus einem Mund.

»Ich hoffe, wir sehen uns wieder«, gibt Dine zurück und bedankt sich überschwänglich für alles.

In der Straßenbahn stellen wir Dines Koffer auf einen Sitz, wir selber bleiben stehen. Ich krame ein kleines Päckchen aus meiner Tasche. Den Lederbeutel, den ich neulich nachts genäht habe. Eingewickelt in die Zeichnung mit der Möwe und den Herzen.

»Für dich«, sage ich. »Und für deine Brille.« Ich merke, wie ein heißer Schwall Tränen in mir aufsteigt.

»Damit dein Schatz immer gut aufgehoben ist«, bringe ich gerade noch heraus. Dann fühle ich auch schon, wie mein Gesicht nass wird und eine Träne nach der anderen unaufhaltsam aus meinen Augen rinnt. Ich hasse es, in der Öffentlichkeit weinen zu müssen. Schnell gucke ich auf den Boden, damit Dine mein rotes Gesicht nicht sehen muss. Dicke Tropfen fallen aus meinen Augen und landen auf dem Boden direkt vor meinen Sneakern.

Plötzlich spüre ich Dines Hand an meinem Kinn. Mit sanftem Druck schiebt er meinen Kopf nach oben. Sein Gesicht ist direkt vor meinem. Auf einmal spüre ich seine weichen Lippen neben meinem Auge.

»Ich hätte gern noch eine spazierende Nase zum Abschied«, flüstert er. Ich komme nicht dazu, Dine zu sagen, dass das laufende Nase oder Schnupfen heißt. Denn jetzt küsst er ganz vorsichtig meine Tränen weg. Es kitzelt und ich muss leise kichern. Dine lacht nicht, ganz ernst arbeitet er sich weiter meine Wange vor. Bis sich unsere Lippen treffen und auch ich aufhöre zu kichern.

Wir küssen uns so lange, dass wir beinahe unsere Haltestelle verpassen. Erst im allerletzten Moment springen wir Hand in Hand aus der Bahn.

»Schreibst du mir mal?«, frage ich Dine, als wir schon am Bus stehen.

»Nicht nur einmal«, sagt er leise und drückt mich noch einmal ganz fest. Herr Göransson nickt zu uns herüber und lächelt. Ich weiß, was er denkt: dass er es ja gleich gewusst hat!

Als Dine schon im Bus sitzt, winkt er mir hinter dem Fenster zu. Ich sehe ihn nur noch schemenhaft durch die getönten Scheiben. Als sich das graue Ungetüm schnaufend in Bewegung setzt und langsam losrollt, hebe auch ich meine Hand zum Abschied. Ich schaffe es gerade, so lange nicht zu weinen, bis der Bus außer Sichtweite ist. Mein verheultes Gesicht soll nicht das letzte Bild sein, das Dine von mir im Kopf hat.

Eine Weile bleibe ich noch reglos unter der Linde vorm Rathaus stehen. Dann gehe ich zu Fuß nach Hause. Jetzt ist es mir auch egal, wenn mich die Leute weinen sehen.

Als ich am Brunnen vorbeikomme, muss ich unter Tränen lachen. Irgendwer hat dem Engel, dem Dine neulich eine Eisnase angeklebt hat, einen Hawaiikranz umgehängt und ein buntes Baseball-Cap aufgesetzt.

Kurz entschlossen gehe ich nach Hause, hole mein Fahrrad und den Scheck, den mir Schmid gegeben hat und der immer noch in meiner Tasche steckt. Es ist das erste Mal, dass ich einen Blick darauf werfe. Fast 200 Euro. Das ist bestimmt genug für eine gebrauchte Spiegelreflexkamera.

Zuerst löse ich den Scheck bei der Bank ein. Dann fahre ich mit dem Rad zum Fotogeschäft in der Innenstadt. Der Verkäufer will mir ein fast neues, digitales Ding andrehen, wie ich es auch von der Schule geliehen bekommen habe. Aber ich bestehe auf einer analogen Kamera. »Die macht die charmanteren Bilder!«, erkläre ich.

Der Mann hinterm Tresen schüttelt erstaunt den Kopf, aber dann gibt er mir natürlich doch, was ich mir wünsche.

Zurück am Brunnen fotografiere ich den Engel mit meiner ersten eigenen Kamera. Vielleicht finde ich ja noch mehr gute Motive. Marlene kommt in einer Woche von den Kanaren wieder – ich könnte auch mit ihr losziehen und Bilder machen. Und wenn ich den Film voll habe, werde ich die Bilder entwickeln lassen und Dine mit der Post schicken.

Als ich mittags nach Hause komme, ist es ungewöhnlich still in der Wohnung. Ich bin es schon richtig gewöhnt, dass jemand da ist und auf mich wartet. Dass Dine da ist und auf mich wartet.

Noch im Flur setze ich mich auf den Boden und starre ins Leere, als ich das kleine Licht am Anrufbeantworter blinken sehe.

Vielleicht Dine, der mit seinem Handy aus dem Bus angerufen hat? Aufgeregt drücke ich auf den Knopf, mit dem man die Nachrichten abhören kann. Doch dann erklingt nur die Stimme meiner Mutter. Enttäuscht wende ich mich ab und gehe in die Küche. Ich setze mich an den Tisch und höre Mamas Stimme nur noch ganz leise.

»Hallo Emma«, sagt sie. »Ich hoffe, du bist nicht allzu traurig, dass Dine weg ist. Ihr habt euch ja am Schluss doch ganz gut verstanden«, stellt Mama fest. Während sie weiterspricht, gehe ich zum Kühlschrank, werfe einen Blick hinein und schließe dann lustlos wieder die Tür.

»Papa und ich haben uns eine kleine Überraschung für dich überlegt«, sagt Mama gerade.

Eine Überraschung? Was soll das schon sein? Mich kann im Moment nichts aufheitern.

»Guck mal auf der Ablage in der Küche. Da liegt ein Reisekatalog.«

Ein Reisekatalog? Jetzt bin ich doch ein kleines bisschen neugierig. Tatsächlich liegt neben der Herdplatte ein blauer Prospekt, auf dem in gelber Schrift »Schweden Tours« zu lesen ist. Mein Herz fängt an zu pochen.

»Wir haben das kleine dunkelrote Haus in den Schären doch noch gebucht«, erklärt Mama auf dem Anrufbeantworter. Ich kann ein Schmunzeln in ihrer Stimme hören. »Für die Herbstferien!«

Jetzt bin ich mir sicher, dass man mein Herz durch das T-Shirt hindurch schlagen sehen kann.

»Und falls es dich interessiert: Dine wohnt gar nicht so weit weg davon!«

Falls es mich interessiert, lache ich und fühle, dass mein Herz vor Freude wie wild auf und ab springt.

Mensch Mama, hast du eine Ahnung!

Von einem Ohr zum anderen grinsend schnappe ich mir die gelbe Luftmatratze, die in meinem Zimmer an der Wand lehnt. Dann klemme ich sie mir unter den Arm und gehe damit an den Baggersee.